講談社文庫

新装版

梅安最合傘

仕掛人・藤枝梅安（三）

池波正太郎

講談社

目次

新装版　梅安最合傘《もやいがさ》

仕掛人・藤枝梅安

梅安鰹飯《かつおめし》

一

その日は、めずらしく朝早くから諸方をまわり、治療をすませ、汗みずくになって帰宅した藤枝梅安《ふじえだばいあん》は、風呂場で水を浴び、

「婆さん、何でもいいから飯の仕度をしてくれ」

と、いいつけて、腹ごしらえをすますと、手伝いの老婆・おせきを帰し、居間の窓際へすわりこみ、治療用の鍼《はり》の手入れをはじめた。

開け放《はな》った窓の向うの、桐の木が、筒状の淡紫色の花をつけ、梅安をのぞきこんでいるかのようだ。

その花蔭《はなかげ》へ、矢のように空から疾《はし》って来た燕《つばめ》が消えたかとおもうと、反転して窓際を掠《かす》め、舞いあがって行く。

あかるい初夏《はつなつ》の午後であった。

梅安は、何十本もの金属管の細い細い鍼を焼酎《しょうちゅう》で消毒したり、三稜針《さんりょうしん》とよばれる血や膿《うみ》を除《と》る太い針を研《と》いだり、鍼を入れる鍼管を掃除したり……まったく、余念がなかった。

大坂にいる小杉十五郎《こすぎじゅうごろう》からの手紙を、飛脚がとどけて来たのは、そのときである。

あれから十五郎は、大坂の道頓堀《どうとんぼり》・相生橋《あいおいばし》北詰の料理屋〔白子屋《しろこや》〕の食客となってい、白子屋菊右衛門《きくえもん》が親切に面倒を見てくれているはずだ。

表向きは料理屋の主《あるじ》だが、裏へまわると白子屋菊右衛門は、大坂の暗黒街にも巾《はば》のきいた香具師《やし》の元締《もとじめ》である。

江戸の牛堀《うしぼり》道場の紛争に巻きこまれ、何人もの門人を斬って殪《たお》した十五郎をつれ、梅安は上方《かみがた》へおもむき、その身柄を白子屋菊右衛門へあずけた。

そのとき、菊右衛門は、十五郎を仕掛けの道へはさそいこまぬ、と、約束をしてくれたが、

(やはり、な……)

十五郎の手紙を読むうち、いまも菊右衛門は梅安との約束をまもっていることが、よくわかった。

しかし、どうやら十五郎は退屈しきっているようだ。

「……大坂も、京も、ゆるりと見物をさせていただいた。いつも白子屋の若者がついて来て

くれるし、菊右衛門どのにつれられて出て、馳走《ちそう》になることもある。何一つ、不自由はないのだが、どうも私には、上方が肌に合わぬようだ」

と、十五郎は手紙でいっている。

（ふうん、そうかねえ。上方ほど、よいところはないのに……）

生まれは駿河《するが》の藤枝だが、京で育った梅安とちがい、小杉十五郎は上方に近い大和《やまと》・高取《たかとり》の生まれながら、七歳のときから江戸をはなれたことがなかったのである。

「……決して、御迷惑はかけぬつもりゆえ、江戸へもどってはいけないだろうか。梅安どのの宅へ厄介《やっかい》になるつもりはない。江戸へもどれば、私の首をねらう奴どもと闘わねばならぬことも承知している。闘って、死ぬもよいのではないか、どうであろう、梅安どの……？」

十五郎は、そこまで、おもいつめているらしい。

二度、三度と、手紙を読み返し、藤枝梅安は、かなり長い間、おもいにふけっていたようだ。

やがて、

「仕方もないことだ……」

つぶやいた梅安は、机に向い、十五郎への返書をしたためようと、墨を磨《す》りはじめた。

と……。

梅安の両眼が鋭く光った。

窓の向うに、人影がさすのを見たからだが、すぐに、その眼の光りはやわらいだ。

「おや、めずらしい人が見えたものだ」

梅安の声に、窓の外へ立った老爺《ろうや》が、

「五年ぶりですかねえ、先生……」

「さよう……そうなりますな」

「窓が開いていたので、つい、此処《ここ》から……というのも、先生がいまも此処に住んでおいでなさるかどうか、と、そうおもいましたのでね」

「あは、はは……ちゃんと、住んでいた」

「はい、はい……」

六十をこえて見える老爺は、早くも木綿の単衣《ひとえ》を着て裾を端折《はしょ》り、草鞋《わらじ》ばきに菅笠《すげがさ》を手にしてい、新鮮な野菜をいっぱいに入れた籠《かご》を背負っている。

どう見ても、百姓のおやじであった。

これが五年前までは、目黒から渋谷へかけてを縄張りにしていた香具師の元締、萱野《かやの》の亀《かめ》右衛門《えもん》だと、だれがおもうだろう。

「さあ、玄関へおまわりなさい」

「かまいませんかえ?」

「相変らず、私は独《ひと》り者ですよ、元締……」

「そりゃ、そりゃあ、どうも、お気の毒に……」

亀右衛門は玄関へまわらず、裏口から入って来て、籠の野菜を下ろし、

「つまらねえものだが、わしと婆さんでつくったものだ。あがって下さいまし」

「これは何よりのものだ。ありがたく頂戴《ちょうだい》しますよ」

梅安は五、六年前に、三度ほど、萱野の亀右衛門から仕掛けをたのまれたことがあり、そのうちの一度だけ、引き受けたことがある。

そして、その仕掛けの、

(後味《あとあじ》は、よかった……)

のであった。

けれども、五年ぶりで訪ねて来てくれた亀右衛門が、まさかに、仕掛けのはなしを持ち出そうとは、梅安もおもわなかった。

「わしも、足を洗って百姓になりきったいま、気がすすまないのだが……むかしね、ちょっと深い義理《わけ》もあって、ことわり切れなかったもので、つい、先生をたのみにして来たのですよ」

「元締……いや、亀右衛門さんが、直《じ》かに、たのまれなすった？」

「いや、いや、そうではない。わしに、腕の立つ仕掛人をぜひとも世話してくれというて来たのは、駒込から板橋へかけて縄張りをもっている大井《おおい》の駒蔵《こまぞう》という元締でねえ」

「むりにとはいいませんよ、先生、おことわりなすっても結構ですから……ともかく一度、大井の駒蔵に会ってやって下さらねえものか……そうして下さりゃあ、あとは先生しだい。わしの、駒蔵への義理も立つというわけなので」

「会うのはよいが……」

「はい、はい……」

「いまの私は、仕掛けをする気分にはなれそうもない。本業の鍼医者がいそがしくて、ね」

「はい、はい。そりゃあ、先生のこころのままにして下さいましよ。ともかく、いまのわしが知っている仕掛人は梅安先生だけなもので……」

「わかりました。会うだけは会いましょうよ」

「ありがとう、先生。恩に着ますよ」

好々爺《こうこうや》そのものの亀右衛門だったが、さすがに、相手を梅安宅へ連れて来るような手筈《てはず》はつけぬ。

他の場所で会うように、

「段取《だんど》りをつけますよ」

と、いった。

元締の座を子分の藤五郎《とうごろう》へゆずりわたし、いまは目黒の碑文谷《ひもんや》に古女房と暮している亀右

衛門が帰ろうとするのへ、

「ま、もう少し、お待ちなさい。先刻《さっき》、いい蝦蛄《しゃこ》がとどいてね。いま、ちょいと煮つけるから、それで久しぶりに酒を……」

「へえ。うれしゅうございますねえ、先生。かまいませんかえ？」

「元締の顔は、どうも飲みたくなる顔だからね」

「もうね、すっかり弱くなっちまって……五合《ごんごう》ぐらいなら、おつきあいをさせていただきましょうよ」

二

萱野の亀右衛門は、それから三日後に、ふたたび梅安宅を訪れた。

藤枝梅安と、香具師の元締・大井の駒蔵との連絡《つなぎ》をつけるためにであった。

「ともかく、梅安先生が会って下さるといってやりましたら、駒蔵が大変によろこびましてねえ」

「だがね、亀右衛門さん。やはり、いまの私は、仕掛けをする気分にはなれそうもない。会って、断わってもよいのだな？」

「ええ、かまいませんとも。わしの駒蔵への義理立ては、それですむことなのでございますよ」

「よし、わかった」

「明後日《あさって》の七ツ（午後四時）で、よろしゅうございますかえ？」

「よいとも」

「場所は、芝の柴井町《しばいちょう》の、武蔵屋《むさしや》という料理屋でございますが……」

「わかりました。かならず出向く」

「まことに、どうも……」

いいさして、亀右衛門は金三両を半紙の上へ乗せ、

「これは、まことに少のうございますが、先生の駕籠《かご》代《がわ》りでございます」

と差し出した。さすがは以前、江戸市中の香具師の元締の中でも、人柄のよさを知られた萱野の亀右衛門である。

いまは、目黒で百姓をしているというが、むろん、ふところはあたたかい。畑仕事は亀右衛門の道楽のようなものなのだろう。

「はい、ごていねいに……」

梅安は、素直に頭を下げた。

「では、よろしゅう、おねがいを申しますでございます」

「あ、元締……いや、亀右衛門さん」

「はい？」

「こんな用事ではなく、今度は、ゆっくりとあそびにおいでなさい」

「かまいませぬので？」

「よいとも。待っている」

「ありがとうございます。そのうちに、また、畑で採《と》れた物を持って、うかがいますよ」

亀右衛門は、さもうれしげに、帰っていった。

翌々日の七ツに……。

藤枝梅安は、芝・柴井町の料理屋〔武蔵屋喜助〕方へおもむいた。

亀右衛門からいわれたように、

「私は、目黒村から来た者だが、大井の駒蔵さんはおいでなさるか？」

そういうと、

「はい、はい。先刻から、お待ちかねでございます」

中年の座敷女中が、すぐさま、案内に立った。

町中《まちなか》の料理屋だが、奥行が深く、たくさんに竹を植え込んだ中庭の向うに、茶室めいた離れが一つ。

梅安は、そこへ案内をされた。

「目黒からのお客さまが、お見えでございます」

女中の声に、

「おお。それは、それは……」

廊下へ迎えに出た老爺が両手をつき、

「大井の駒蔵でございます」

と、挨拶《あいさつ》をした。

「ふうむ……」

梅安は駒蔵を見たとたん、あまり、嫌《いや》な気がしなくなっている。

年齢《とし》のころは、萱野の亀右衛門と同年配であろう。でっぷりと肥《こ》えた躰《からだ》を質素な着物に包み、物腰もおだやかな老爺なのである。ただ、ちらりと梅安を見上げた一瞬の、細い眼の光りはさすがに鋭かった。

離れの中へ入って、酒肴《しゅこう》が運ばれ、女中が去ったのちに、

「実は、先生。よんどころのない義理があって、仕掛けをたのまれましたが、なにぶん、相手が相手ゆえ、尋常《じんじょう》な仕掛人ではつとまるまいとおもいまして……以前の縁をたよりに、亀右衛門さんへおねがい申したのでございます」

「ふうむ……」

とにかく、話だけは聞こうと梅安はおもった。それがせめてもの、亀右衛門への義理立てである。

「ですが、はなしをうかがった上で、お断わりをいたすやも知れませぬよ」

「はい。それは、もう……いたし方ございません」

「ま、うかがいましょう」

「お礼のお金は、金百五十両でございます」

「ほう……」

仕掛けの相手は、相当の大物《おおもの》と看《み》てよい。梅安も、これだけの大金で仕掛けを請負《うけお》うことは、めったにない。

「それに、相手は、ずいぶんと悪い事をしつづけている男なのでございます」

「ふうむ……」

「その相手の名を申しあげますと、私の恨みも入っているのではないか、と、おもいなさるかも知れませんが、決して、そうではないので……」

「お前さんは、どこまでも、起《おこ》り（依頼人）からたのまれなすったという……」

「そのとおりでございます」

「相手の名は？」

尋《き》きはしたが、梅安は、すぐにも断わるつもりでいた。

すると、大井の駒蔵がすわり直して、

「あるいは、相手の名が先生のお耳へ聞こえているかも知れませぬ。私と同じ香具師の元締で、小石川から雑司《ぞうし》ヶ谷《や》一帯を束《たば》ねております音羽の半右衛門を殺《や》っていただきたいのでございます」

藤枝梅安の表情に、いささかの変化も見られぬ。

梅安は、だまって煙草入れを引きぬき、煙管《きせる》をぬき取った。

一服《いっぷく》……二服《にふく》……。

梅安は、ゆっくりと煙草をのみ、ぽんと灰吹《はいふき》へ煙管を落してから、

「さようさ……」

と、つぶやいた。

「先生……」

「音羽の半右衛門の名だけは、聞いたことがある。そんなに悪い奴なのかね?」

「はい、はい」

駒蔵は必死のおもいを両眼にこめ、梅安の眼を見まもった。

「金百五十両……」

「はい」

「よろしい。引き受けましょう」

「さ、さようで……」

大井の駒蔵は、ふといためいきを吐《は》き、

「よかった……」

自分で自分に、いいきかせるがごとく、つぶやいたものである。

間もなく藤枝梅安は、半金の七十五両をふところにして武蔵屋を出た。

この金高だけでも、仕掛料としては多いほうだ。

今年の冬も終ろうとするころに、梅安は、音羽の半右衛門の依頼で、七千石の大身《たいしん》旗本安部《あべ》長門守行景《ながとのかみゆきかげ》と、その息・主税之助《ちからのすけ》を暗殺している。

そのときの〔蔓《つる》〕であった半右衛門を、今度は仕掛けることになったわけだ。

いや、相手が音羽の半右衛門と聞いたからこそ、梅安は意《こころ》を変じて引き受けたのであった。

武蔵屋を出て、しばらく歩いてから、梅安は尾行者に気づいた。

藤枝梅安の口もとへ、苦笑がにじんだ。

後をつけて来た男は、芝・増上寺《ぞうじょうじ》南側の、柵門《さくもん》あたりで、梅安を見うしなった。

そして梅安は、この夜、品川台町の我家《わがや》へ帰らず、夜ふけてから、浅草の外《はず》れの塩入土手《しおいりどて》下の彦次郎《ひこじろう》の家へあらわれ、戸を叩いた。

折よく彦次郎は家にいて、梅安を迎え入れたようだ。

三

その翌日の午後……。

江戸郊外・王子《おうじ》稲荷《いなり》の裏参道にある〔乳熊屋《ちくまや》〕という料理茶屋の奥まった部屋で、大井の駒蔵が一人の客と密談にふけっている。

乳熊屋は、駒蔵の妾《めかけ》・お政《まさ》が一手に切りまわしてい、駒蔵にとっては我家も同然なのである。

さて、その客とは……。

五十を五つ六つは越えていようか。細身の、品のよい老人で、頬骨の張った厳《いか》めしい顔つきをしている。身なりも立派なもので、だれが見てもしかるべき商家の主人《あるじ》としかおもえぬし、また事実、そのとおりであった。

この老人は、日本橋本石町《ほんこくちょう》二丁目の呉服問屋で、江戸城大奥にも出入りをゆるされている近江屋《おうみや》佐兵衛《さへえ》である。

つまり、旗本・安部長門守の息・主税之助の暗殺を、音羽の半右衛門にたのんだ男だ。

安部長門守は、狂暴で淫欲《いんよく》が強い主税之助が、つぎつぎに事件を引き起し、そのたびに尻ぬぐいをせねばならぬことを、

（もはや、我慢がならぬ）

と、おもいきわめ、たがいに欲得ずくでむすびついている近江屋へ、我子の主税之助暗殺を依頼した。

将軍家の側近くつかえている安部長門守だけに、あの、暴慢で狂気じみた長男を、

（生かしておいては、わしの身も、家名も危うくなる。わしの跡《あと》つぎには、次男の主馬《しゅめ》を据《す》えればよい）

と考え、近江屋のすすめるままに、仕掛けをたのむことにした。

近江屋は、この仕掛けを音羽の半右衛門に依頼し、半右衛門は藤枝梅安にたのんだ。

ところが……。

主税之助が梅安に暗殺され、

「先《ま》ず、よかった」

近江屋が安部長門守を向島の料亭〔大村〕に招いて成功をよろこびあった当夜、料亭の雪《せっ》隠《ちん》へ入った長門守が、何者とも知れぬ男に殺害されてしまったではないか……。

主税之助の暗殺は、たしかにたのんだが、依頼人の安部長門守を殺せと、たのんだおぼえはない。

近江屋佐兵衛は、すぐさま、音羽の半右衛門をよびつけ、

「とんでもないことをしてくれたではないか、元締」

「何を、で?」

「何故、安部長門守様まで殺したのだ。私は、たしかに、主税之助様だけを……」

「近江屋の旦那。何をいっておいでなさるので。わしが仕掛けたのは主税之助様だけでございますよ。では、何でございますか、長門守様が殺害されたとおっしゃる……へえ、これはおどろいた。おどろきましたなあ……」

半右衛門は、さも、おどろいたようにいった。

しかし、口先だけでおどろいてはいても、木の実のように小さな半右衛門の眼が、瞼《まぶた》の奥から近江屋佐兵衛を凝視《ぎょうし》している。

青白く冷めたい光りをたたえた、その半右衛門の眼は、

「近江屋さん。下手に騒ぎたてぬほうがようございますよ」

と、語りかけているかのようだ。

子供のような半右衛門の矮軀《わいく》が、このとき、近江屋には二倍にも三倍にも大きく見えた。

藤枝梅安の手つだい婆さんのおせきが、半右衛門のことを、

「まるで、一寸法師に黴《かび》が生えたような爺さんさあ」

と、評したものだが、いま、近江屋と向い合って身じろぎもせぬ半右衛門の顔を、眼の光りを見たら、さて、何というだろうか……。

近江屋佐兵衛は二の句がつげず、半右衛門の眼光の凄《すご》さに圧倒され、唇を噛んでうつむい

てしまった。

「へえ……ふうん……安部長門守様が、大村の雪隠の中で殺されなすったとはねえ。これはどうも、まったくもって、おどろきました。はい、おどろきましてございますよ、近江屋の旦那……」

ひとりでおどろき、ひとりで何やらうなずきつつ帰って行く音羽の半右衛門を、近江屋は茫然《ぼうぜん》と見送ったのである。

（やはり、半右衛門が長門守様を殺したのだ……）

結局は、そうおもわざるを得ない。

主税之助を源森川で殺した男は、顔かたちを見られてはいないが、

「大男《おおおとこ》でございました」

と、主税之助の供をしていた家来が申したてている。

だが、料理屋の雪隠で長門守を殺した男は、だれの目にもとまっていない。

それにしても、音羽の半右衛門は何も知らぬ、おどろきましたと口ではいいながら、自分に対して、

「よけいなことを尋《き》くな」

強く、釘を打ち込んで来たように近江屋は感じた。

（やはり、半右衛門だ。そ、それにしても何故、あいつが長門守様まで殺さなくてはならな

はいない。

もとより、近江屋は、自分への依頼人が安部長門守であることを、半右衛門に打ち明けて

いくら考えても、そこがわからぬ。

仕掛けの掟《おきて》は、あくまでも、金と相互の信頼とで成り立っているのだ。

これまでに、近江屋は三度ほど、音羽の半右衛門に仕掛けを依頼している。

その中に二度、安部長門守からの依頼があった。はじめは、長門守と同じく将軍の御側衆をつとめていた六千石の旗本・大河内頼母《おおこうちたのも》の暗殺であった。大河内が殺害されてのち、長門守の躍進は目ざましく、将軍の愛寵《あいちょう》を受けて〔御用取次《ごようとりつぎ》〕を兼任することになった。幕府最高の役職である老中や若年寄にしても、御用取次役を通さぬと、将軍に自分の言葉をつたえることができぬという。安部長門守の権勢がにわかに大きなものとなったのは、このときからだ。御用取次役は将来、老中職への昇進を可能ならしめる。

近江屋佐兵衛が、長門守行景の口ぞえによって、江戸城大奥への出入りをゆるされたのも、それから間もなくのことであった。

そうしたことを、

(みんな、半右衛門は勘《かん》づいていたにちがいない)

と、近江屋はおもった。

けれども、また、

（いいや、半右衛門が殺したのではあるまい……）

何度も、おもい直そうとしたが、だめであった。どう考え直して見ても、あの夜、あの場所で、長門守を殺せる者は半右衛門以外におもいつかぬし、自分が詰問《きつもん》したときの半右衛門の態度は、無言のうちに……いや、知らぬ存ぜぬといいながらも、それを肯定していたようにおもえてならぬ。

近江屋は、春が来ても浮かぬ顔のまま、悶々《もんもん》と日を送った。

（わしに気づかれるのを承知で、あいつは長門守様を殺した……とすれば、いったい、何が目的《めあて》なのだ、音羽の半右衛門は……？）

ようやくに、そこへ、近江屋の思念がしぼられて来た。

不気味である。

若いときの近江屋佐兵衛は、芝の浜松町二丁目で小さな呉服屋をしていた。これは祖父の代からの店であったが、佐兵衛は二十一のときに病死した父の跡をつぎ、

（私は、このままでおさまらない。もっと大きな……江戸でも近江屋といえば、だれの耳にも聞こえた店にして見せる）

と、決意をした。

それから三十年の間に、近江屋は、その決意を実現し、将軍おわすところの江戸城への出

入りをゆるされるほどの男になった。

店舗も本石町へ移り、堂々たる店構えとなっている。

近江屋が、ここまで、のしあがって来るためには、尋常の商売だけでおよぶものではない。

近江屋佐兵衛の過去には、彼の胸の底にたたみ隠された暗い秘密が、数えきれぬほどあるのだ。

(音羽の半右衛門の、ねらいは何なのか……？)

不安でならぬ。

(半右衛門は、わしの何をねらっているのだろうか……？)

わからぬ。

自分も半右衛門も、殺人を犯したという点では過不足なしに、たがいの秘密をにぎり合っているわけだから、

(わしが、あいつに強請《ゆす》り取られるわけもないが……やはり、ねらいは金か？　……いまに、きっと、半右衛門は難題を吹きかけて来る……)

そんな予感がしてならぬ。

(長門守様を、たのまれもせぬのに殺しておいて……それも、わしの依頼《たのみ》があったからだと、いい立てるつもりなのかも知れぬ……)

そうも、おもえてくる。

不安と脅《おび》えの昂《たか》まりを、近江屋佐兵衛は押え切れなくなってきた。

そして、ついに……。

(いっそのこと、音羽の半右衛門を殺してしまおう)

との決意が、ぬきさしならぬものになってきたのであった。

近江屋佐兵衛は、思案をつくしたあげく、本所・両国一帯の盛り場を縄張りにしている香具師の元締羽沢《はねざわ》の嘉兵衛《かへえ》を招き、江戸の香具師の世界についての聞きこみをした。

むかし、羽沢の嘉兵衛に、近江屋は仕掛けをたのんだことがある。

日本橋本石町二丁目の呉服問屋・唐木屋《からきや》庄左衛門《しょうざえもん》の暗殺を百両で依頼した。

唐木屋が、ひそかに殺されてのち、近江屋佐兵衛は唐木屋の乗取《のっと》りにかかった。殺された庄左衛門は、まだ二十四歳の若さで、妻との間に子も生まれていなかったのである。

いまの近江屋の店舗は、むかしの唐木屋の跡に改築されたものだ。

このとき近江屋は、羽沢の嘉兵衛に仕掛けをたのんだのではない。情報を探《さぐ》っただけだ。

なにしろ、仕掛けを請負う元締を暗殺しようというのだから、近江屋も実に肝胆《かんたん》を砕《くだ》いたものだ。

その結果……。

音羽の半右衛門の縄張りを、

「たとえ、半分でも……」

と、ひそかにねらっている香具師の元締がいることをつきとめた。

それが、大井の駒蔵だったのである。

四

「そうか。そんなに、よい仕掛人が見つかりましたか」

と、近江屋佐兵衛が、大井の駒蔵の報告を聞き、

「それはよかった。よかった」

「なんでも、どこかの町医者をしているとか、萱野の亀右衛門さんから聞きましたが……そりゃもう、見るからにたのもしげな……」

「なるほど、なるほど」

「念のため、後をつけさせましたが、まかれてしまいました」

と、駒蔵が苦笑をもらし、

「あれほどの男なら大丈夫。音羽の半右衛門をあの世へ送ってくれましょうよ」

「そうか、そうか」

「それが、大きな男でございましてねえ、旦那……」

「大きな、男……」

「はい。さようで」

なんとなく、近江屋は嫌な気がした。

音羽の半右衛門にたのんで、安部主税之助を殺したときも、その仕掛人は、

「大きな男……」

だったという。

「旦那。どうかなさいましたか？」

「いや、別に……」

「でも……」

「元締。ほんとうに大丈夫なのだろうね？」

「それはもう……」

大井の駒蔵は自信たっぷりにうなずき、

「こいつは旦那ひとりの仕掛けではございません。私も気を入れております」

と、いいはなった。

近江屋も、それ以上の詮索《せんさく》はできない。

後金の七十五両を駒蔵へわたし、乳熊屋を出た。

よんでおいた町駕籠《まちかご》が、乳熊屋の前に待っていた。

近江屋佐兵衛が、その駕籠へ乗り込む姿を、道をへだてた〔山《や》の井《い》〕という料理茶屋の二階座敷から偶然に見ていた者がいる。

音羽の半右衛門であった。

(ほほう。近江屋佐兵衛が乳熊屋から出て来た……乳熊屋はたしか、大井の駒蔵の妾がやっている料理屋だったな。そして、大井の駒蔵は、わしの縄張りをねらって爪を磨《と》いでいるやつだ)

半右衛門は、この日、女房おくらをつれて、王子権現《ごんげん》と王子稲荷《いなり》へ参詣《さんけい》をし、山の井で遅い昼食をすましたところだったのである。

間もなく、乳熊屋へ、別の町駕籠が来て、大井の駒蔵が乗りこみ、妾のお政や女中たちに見送られて去るのを、半右衛門は障子の隙間《すきま》からたしかめた。

「元締。さっきから、障子の隙間へおでこをつけて、何を見ていなさるのだえ?」

と、女房のおくらが声をかけてきた。

「いや、別に……ちょいときれいな女中が、向うの乳熊屋にいるからさ」

「ふうん……」

おくらは、つまらなそうに煙管を取り、煙草をつめながら、

「そろそろ、あたしたちも帰りましょうよ」

「うむ。そうしようか」

新緑の木立が生ぐさいまでに匂い立っている。

「すこし、頭痛がする……」

おくらが、そうつぶやいた。

その夜。

四ツ（午後十時）ごろ……。

小さな音羽の半右衛門の躰が、大きな女房おくらの裸体にとまっている。

それは、ほんとうに、

「とまっている……」

という感じであった。

覆《おお》いをかけた行燈《あんどん》の、うす暗い灯《ほ》影《かげ》に、おくらの豊満な乳房がわずかにゆれうごいている。

小石川の音羽九丁目の、半右衛門夫婦がやっている料理茶屋〔吉田屋〕の、寝間であった。

半右衛門は、真白な木綿の肌襦袢《はだじゅばん》だけをまとい、巨大なおくらの臀部《でんぶ》へ細い腕を精一杯にまわして、ふくらんだ腹の上に、

「ちょこなんと……」

乗りかかっているのだ。

半右衛門の矮軀《わいく》も、微《かす》かに律動《りつどう》していた。

もう、すでに半刻《はんとき》（一時間）も、二人はこのままの姿勢で、夫婦のいとなみをつづけている。

平常は六十の老人に見えるほど老け顔の半右衛門だが、こうして半裸の姿になっているのを見ると、腕も脚も細くはあるがこりこりと筋肉が引きしまってい、四十七歳の男の躰とはおもえぬ。

「ああ……」

おくらがまたしても、喘《あえ》ぎはじめた。

おくらは無我夢中の態《てい》で、ふとやかな両腕をのばし、半右衛門のくびすじを巻きしめようとするのだが、半右衛門のくびがとどかぬ。辛うじて半白《はんぱく》の髷《まげ》に触れる程度で、いたずらにおくらの両腕は空間にただよっている。

おくらの腕も胸乳《むなぢ》も、顔も脚も、汗に光っているが、半右衛門は薄汗《うすあせ》さえも滲《にじ》ませていない。

とにかく、長いのだ。

めったにないことだが、いざとなると、この夫婦のいとなみは、たっぷり一刻（二時間）はかかる。しかし、あられもなく、寝床の上でのたうちまわるというのではなく、終ったあとの敷蒲団《しきぶとん》などには、ほとんど乱れがない。

半右衛門の頭は、ちょうど、おくらの乳房の下に見えた。乳房まではとどかぬのだ。

重い双の乳房が左右にたれ気味となって、ふるえている。

肥《こ》えた女房の腹に、半右衛門の小さな腹が半分ほど埋まってしまっている。

〈近江屋佐兵衛が、乳熊屋で、大井の駒蔵と、ひそかに会っていたというのは、こいつ、いったい、何が……?〉

女房の腹の上で、規則正しく細かなうごきをつづけながら、半右衛門はそのことを考えていた。

(近江屋の旦那が、わしを仕掛けようとしていなさるのか……?)

どう考えて見ても、

(そうとしか、おもえない)

のである。

しかも、近江屋の密会の相手が大井の駒蔵なのだ。

(駒蔵ならば、近江屋にたのまれなくとも、わしを殺しかねねえからのう)

であった。

三年ほど前だが、駒蔵は、半右衛門が束《たば》ねている雑司ヶ谷の鬼子母神《きしもじん》一帯の縄張りをねらい、何人もの香具師を送りこんで来て、内側から攪乱《こうらん》しようとしたことがある。

わざと暴力沙汰《ざた》を引き起し、音羽の半右衛門の〔顔〕をつぶし、住民や香具師たちの信用を失墜《しっつい》させ、ひいては、

「お上《かみ》に睨《にら》まれるように……」

との計画であったが、半右衛門の配下がさそいに乗らず、あくまでも穏便《おんびん》に事をおさめたので、成功をしなかった。

そのかわり、半右衛門の子分たちが三人ほど、殺傷されている。

(そうか。わしが、安部長門守を一存で仕掛けたものだから、脛《すね》にいくつも傷をもつ近江屋め、気味がわるくなってきて、いっそ、わしをあの世へ送りこんでしまおうとこころを決めたのか……)

おくらの腹の上で律動をつづけながら、半右衛門の両眼が鋭く煌《きら》めいた。

「ああ、もう……元締……」

おくらが、譫言《うわごと》のように何かいっている。

それへ、

「うむ、うむ……」

何度も、うなずいてやりながら、音羽の半右衛門の躰の律動がすこし烈《はげ》しさを増してきた。

半右衛門が、主税之助の仕掛けをたのまれ、近江屋へは内密で、安部家の内情を探るう

ち、長門守と近江屋の深い関係を知ることになった。

それは、あくまでも、主税之助を仕掛けるための探りであったわけだが、そのうちに、

（こいつはどうも、長門守が我子の殺しを近江屋にたのんだ……）

としか、考えられなくなってきた。

もとより、それは半右衛門と無関係のことだ。半右衛門は大金で仕掛けを請負い、これを腕利きの仕掛人をえらんでまかせることのみが〔仕事〕なのだ。

だが、そのうちに、どうしても、

（この胸が、おさまらなくなってきた……）

のである。

「生かしておけぬ……」

ほどの子の父でありながら、いささかも責任《せめ》を負おうとはせず、これを親の手で暗殺しようというのも、狂暴な我子がいては世のためにならぬ、諸人に非常な迷惑をおよぼすから、というのではない。

幕府老中の座をねらっている安部長門守は、我身の栄達《えいたつ》の邪魔になるから、

（主税之助を殺してしまえ）

と決意したのである。

「ふざけるな!!」

と、音羽の半右衛門は怒った。

(身分の高い連中ほど、こういうことを平気でやってのける。また、近江屋佐兵衛もそうだ。手前《てめえ》のふところが肥えるためになら、何でもしてのける。だからこそ、金ずくで人殺しをすることも平気になってしまやあがった)

そのときの半右衛門は、自分が金で殺人を請負っていることを忘れてしまっていた。

世の中というもの、人間というものは、いつ、どのような場合においても、こうした矛盾《むじゅん》を絶えずはらんでいるのだ。

(よし。安部長門守と近江屋に、一泡《ひとあわ》吹かせてやれ)

音羽の半右衛門は、この簡単な決意ひとつで、そうした矛盾を割り切ってしまった。

なればこそ、近江屋の詰問《きつもん》をうけたときも、

「おどろきました」

と、いいはしたけれども、あえて近江屋が、半右衛門がやってのけたことに気づくような態度をしめしておいたのである。

そのことによって、近江屋佐兵衛が、

(これから後《のち》、あんな、ばかげた仕掛けをわしたちへ、たのまねえようになってくれればいい)

そうおもっていたにすぎない。

ところが、どうだ。

近江屋は、自分の過去の秘密におびえ、おそらく、それを勘づいているにちがいない半右衛門を仕掛けようとしている。

(よし。こうなったら、わしも……)

半右衛門も、おくらの腹の上で決意をかためた。

「ああ……元締……」

おくらが、うめいている。

「うむ、よし……もう、すぐだよ、おくら」

しずかな雨の音がきこえはじめた。

翌朝。

雨の中を音羽の半右衛門は、町駕籠をよんで、何処《どこ》かへ出て行った。

五

ふりけむる雨の音を聞きながら、品川台町の家で、藤枝梅安が治療用の鍼《はり》の手入れをしている。

おせき婆は、何やら食べすぎて腹をこわし、

「申しわけもねえですが先生、二、三日、やすませていただきてえと申しておりますので」

と、先刻、おせきの老夫・茂兵衛《もへえ》がことわりにあらわれた。

「さて……」

梅安は鍼道具を片寄せた。

おせきが来なかったので、まだ、朝餉《あさげ》をすませていない。

にわかに空腹をおぼえた。

台所へ出て行き、梅安が米を磨《と》ぎはじめたとき、

「もし……もし……」

裏の戸を、だれかが叩いた。

「どなた？」

「梅安先生。音羽の半右衛門でございますよ」

「ほう……」

手についた米粒を振り落し、梅安がくすっと笑った。

「お入りなさい」

「かまいませぬか？」

「私ひとりだ」

「では、ごめん下さいまし」

半右衛門が、腰を屈《かが》めて台所へ入って来た。

「元締は、もう朝飯をすましたのでしょうな?」

「いえ、それが、まだ……」

「では、いっしょに食べぬか?」

「それはどうも、とんだ御馳走に……」

「すぐにできる。先へあがって待っていなさい」

「はい、はい」

梅安は、なれた手さばきで、たちまちに朝餉の仕度をととのえた。

卵を落しこんだ熱い味噌汁。

たきたての飯に、沢庵《たくあん》を細く切ったのへ白胡麻《しろごま》をふりかけたものと梅ぼし。

これだけのものであったが、梅安は四杯も飯を食べたし、半右衛門もまた、

「これはどうも、なんともいえませぬな。おいしい、おいしい」

と、食べざかりの娘のような声と言葉づかいで三杯もおかわりをした。

終って、茶をいれながら、

「ところで元締。今日は、何の用かな?」

「さようで……」

右手をふところへ差し入れつつ、半右衛門が上眼《うわめ》づかいに梅安を見あげた。

「仕掛けのはなしなら、おことわりするよりほかはない」

「いえ、その……」

口ごもりつつ、半右衛門が重そうな袱紗《ふくさ》包《づつ》みを出し、梅安の前へひろげて見せた。

「ほう……大枚、百両か」

「はい」

「いかぬな、元締。いかに金を積んでもらっても、当分の間、仕掛けはできぬ」

「先生。これは半金ではございません。全部の仕掛料なのでございます」

「ほう……」

「もっと、さしあげたいのでございますが、いまのところ、私めには、これが精一杯のところなので……」

「ほう。すると、これは元締の金……?」

「はい」

「では、元締が仕掛けたいのかね?」

「はい」

梅安興味をそそられたらしく、

「だれを仕掛けなさる?」

「お引きうけ下さいましょうか?」

「む……それはまあ……相手によりけり、だが……」

「申しあげます」

「ふむ？」

「駒込から板橋宿《じゅく》にかけて、縄張りをもっている大井の駒蔵という元締がおりますので……」

「ほう……」

「その駒蔵を……」

「私に仕掛けろと？」

「はい」

「ほほう……」

「いかがでございましょうか？」

「これは何かね、香具師の元締どうしの縄張り争いなのかな？」

「いえ、私は毛頭《もうとう》、そのつもりではございません」

「では、怨恨沙汰《えんこんざた》かね？」

「いえ、私の身をまもるために、するのでございますよ」

「ふうむ……」

じろりと梅安が半右衛門を見やった。

そのとき半右衛門は、梅安の眼の玉が顔からはなれて、自分の眼の中へ飛びこんで来たかのようにおもった。

ややあって、

「よろしい。引き受けましょうよ」

藤枝梅安が、目の前の金百両をすゝっと引き寄せた。

音羽の半右衛門は両手をつき、

「ありがとう存じます」

ていねいに、頭を下げたのである。

半右衛門が帰ってから、梅安は百両の小判をながめつつ、ゆっくりと煙草のけむりを吐いた。

ややあって、梅安の口から、つぶやきがもれた。

「おもいがけなく……おもしろくなってきた」

六

この日の雨は数日の間、降りつづいた。梅雨《つゆ》の入りには、まだ大分に間があるというのに、四日たち、五日たっても雨は熄《や》まぬ。

藤枝梅安は相変らず、鍼の治療に精を出し、雨中を億劫《おっくう》にもおもわず、重病の患者の治療に出かけても行くし、自宅へ来る患者たちにも、

「このときとばかり……」

懸命の治療にあたっている。

「うちの先生は、よ……」

と、おせき婆が家へ帰り、亭主の茂兵衛にいった。

「うちの先生は、女遊びが激しくて何日も何日も家をあけなさるがよ、帰《けえ》って来ると、まあ、まるで狂人みてえにはたらきなさる。ろくに金もとらねえでよ」

だが、彦次郎は何度も梅安を訪ねて来たようである。

おせきが〔家事〕にやって来る昼間には姿を見せぬ。夜ふけて来て、泊って行くときも、彦次郎は翌朝、おせきがあらわれる前に、梅安宅から出て行った。

夕暮れに来て、酒をのみながら梅安と語り合い、一刻ほどで帰ることもあった。

ともかく、この四、五日の間、彦次郎は毎日のように梅安と会っていた。そういってもよい。

これは、梅安のたのみを引き受けた彦次郎が、ひそかに、いろいろとうごきまわっていることを意味している。

そのうちの一つだけを、ここに洩《も》らしておこうか……。

梅安は彦次郎にたのみ、萱野の亀右衛門へ手紙をとどけさせた。

その文面は、およそ、つぎのごとくだ。

御依頼の件、相済むまでは、何とぞ
拙宅《せったく》をお訪ね下さらぬこと。
夏が来るまでには、何事も相済み申すべく。
梅

亀右衛門どの

これは、おそらく、依頼人の大井の駒蔵に、

(私の家を嗅《か》ぎつけられては困る)

と、おもったからであろう。

先日、萱野の亀右衛門に梅安は、

「仕掛けのはなしをぬきにして、あそびにおいでなさい」

と、いった。

だから、手づくりの野菜でも持って、またも亀右衛門があらわれたりすると、その亀右衛門が尾行されるおそれがある。

大井の駒蔵は、梅安が仕掛けを引き受けてくれたことを亀右衛門へ報告し、礼をのべに行ったと看《み》てよい。それが彼らの欠かせぬ義理であり、礼儀であるからだ。

そうしておいて、駒蔵は、梅安のことをいろいろと尋き出そうとはかるだろう。

むろん、萱野の亀右衛門は、これに応じまい。

となると、今度は亀右衛門を見張り、亀右衛門が梅安の家へ、

「引き受けておくんなさいましたそうで……」

と、礼をのべに行く、その後をつけ、梅安宅をつきとめようとするにちがいない。

いずれにせよ、柴井町の武蔵屋で、はじめて大井の駒蔵と会い、おもいもかけぬ仕掛けをたのまれて帰るさい、たちまちに尾行がついたことを梅安はおろそかにはしなかった。

不快であった。

これまでに、こうした経験はあまりない。

萱野の亀右衛門という、その世界では筋の通った老人に仲介をたのんでおきながら、駒蔵は、すぐさま梅安の身もとを探ろうとした。

梅安にとって、これは、

「ゆるせぬ」

ことである。

外見に似ず、大井の駒蔵という男は、猜疑《さいぎ》の念が強く深いと看た。

「そればかりではないよ、彦さん……」

と、梅安が或夜、訪ねて来た彦次郎にいった。

「これは、駒蔵へ仕掛けをたのんだ依頼人《おこり》が、どうも、ね……」

「いったい、どこのだれなのかね、梅安さん」

「だれだとおもう?」

「わからねえなあ」

「私にもわからない。なんとなく、わかりかけてもいるがね」

「だれだね?」

「近江屋佐兵衛さ」

「あ……」

彦次郎が、わずかに口を開け、雷にでも撃たれたような顔つきになった。

「ね……」

「ふうむ……なるほど。音羽の半右衛門元締が、安部長門守を……」

「だからさ」

「そいつを、近江屋が根にもったというわけか……」

「くわしいことは知らぬが、私の勘ばたらきでは、どうも近江屋くさい」

「ふむ、ふむ……」

「と、まあ、そうおもっていたのだが彦さん。今度は音羽の元締が大井の駒蔵を仕掛けてくれという……」

「両方とも、梅安さんは引き受けなすった。いったい、どうするつもりなので？」

「さあて、そこで、わからなくなってきた。もしやすると、これは音羽の元締と大井の駒蔵の縄張り争いなのかとも考えられるしね」

「おれが探ったところによると、駒蔵と近江屋は一度も連絡《つなぎ》をつけていませんぜ」

「だから、そこが……」

「おもしろがっていてはいけねえなあ。面倒なことになってきた」

「私も、ばかだね、彦さん。おもしろがって両方へ、ちょっかいを出して見るなんて……」

「酔狂《すいきょう》にも程がありますぜ」

「さて、どうしたものかな」

「どうしたものでしょうね」

「わからなくなってきたよ、彦さん。うふ、ふふ……」

「笑っていては、いけねえなあ」

「大井の駒蔵という元締が、どんな男か……それは彦さん。お前さんの探りでよくわかった」

「あいつは、よくねえやつだ。虫も殺さねえような面《つら》をしていて、縄張り内では阿漕《あこぎ》な事をずいぶんしていますよ」

「妾が、王子稲荷の裏参道で料理茶屋をやっているといったね」

「乳熊屋という……」

「そうだってね。ところで、萱野の亀右衛門さんは、私の手紙を見て、何といったね？」

「にこにこ笑って、手で胸を押えて見せましたよ。梅安さんの胸の内がすっかりわかったというつもりなのだろうね」

「ほう。そうか、それならよい」

「彦さん。雨音がしなくなったね」

「いいかげんに、あがってもらいたいね。これでは、まるで梅雨だ」

そして、この夜ふけに……。

藤枝梅安宅を訪れた男が、彦次郎のほかに、もう一人いた。

七

それから五日後のことだが……。

半右衛門は町駕籠に乗り、屈強《くっきょう》の子分三人をつれ、浅草へ用足しに出かけた。ときがときだけに、さすがの半右衛門も用心をおこたらなかった。

半右衛門は梅安に、

「先生のいいように仕掛けて下さいまし。日は限りませぬ」

といった。

だから、梅安が大井の駒蔵を、この世から消してくれるまでは、すこしの油断もできぬ。

午後から、また、雨が降り出して来た。

そのとき、用事をすませた半右衛門は、上野広小路から湯島のあたりへさしかかっている。

「おい。ちょっと雨宿りをしよう」

と、半右衛門が町駕籠の中から、子分たちへ声をかけた。

「湯島横丁の森山《もりやま》へ着けておくれ。すこし腹が空いてきたよ。お前たちもつき合ってくれ」

湯島横丁の鰻屋《うなぎや》〔森山〕は、半右衛門の息のかかった店だ。亭主の磯五郎は、半右衛門の吉田屋で六年も庖丁をつかっていた男である。

腹ごしらえをすましたのちも、雨は熄《や》まなかった。

熄まぬばかりか、強くなってきた。

「もうじき熄むだろう。もう少し、待って見ようよ」

と、磯五郎にいっていた半右衛門も、夕暮れが近くなり、あたりが薄墨《うすずみ》を刷《は》いたようになってきたので、

た。

「よし。帰ろう」

待たせてあった駕籠へ乗り、子分たちは〔森山〕でととのえた雨仕度をして、帰途につい
駕籠を中に前へ一人、後ろへ二人の子分がついて、湯島三組町《みくみまち》を突切り、霊雲寺《れいうんじ》前をすぎると、両側は武家屋敷ばかりだ。

町屋ならばともかく、旗本屋敷がたちならぶ道には、雨降りでなくとも夕暮れになれば、あまり人通りはない。

まして、おもいもかけぬ豪雨になってしまったのだから、雨飛沫《しぶき》があがる坂道には犬の仔《こ》一匹歩いてはいなかった。

と、そこへ……。

雨の幕を割って、にじみ出るようにあらわれた黒い人影が、

「あっ……」

という間もなく、半右衛門一行へ近づいて来た。

顔を灰色の布で覆《おお》い、高々と裾をからげた男は素足に草鞋《わらじ》ばきで、腰に長い刀《の》を一つ差し込み、ひたひたと半右衛門の駕籠を目がけ、近寄って来たものだから、

「だれだ？」

怪しいと見て、後方の二人の子分が立ちふさがり、ふところの短刀《あいくち》を引き抜く間もあらせ

ず、曲者《くせもの》の躰が低く沈んだかと見る間に、ぱっと抜き打った。

「うわ……」

「ぎゃあっ……」

絶叫を発して、二人の子分が右と左に打ち倒されている。

なんとも凄《すさ》まじい早業《はやわざ》であった。

「やっ、野郎……」

「こん畜生め」

駕籠昇《か》きと、もう一人の子分が、目もくらむおどろきの中で、叫びかけたとき、曲者の大刀は駕籠の垂《た》れごしに、中の半右衛門目がけて突き込まれている。

烈しい雨音を破って、まさに、音羽の半右衛門の悲鳴がきこえた。

駕籠は、まだ、担《かつ》がれたままであった。

駕籠昇きが、二人とも頭を抱え、夢中で逃げた。

道へ落された駕籠へ、またしても垂れごしに一突き、二突き……曲者が刀を突き入れるたびに、半右衛門の悲鳴があがった。

残った一人の子分は、もう半分は気をうしないかけている。

短刀を引き抜きはしたが、足がもつれて、ふらふらとしているだけだ、白い眼をむき、大きく口を開け、曲者のするがままにまかせていた。

曲者が刀を鞘《さや》におさめ、怪鳥《けちょう》のように向い側の武家屋敷の間の細道へ消えた。

この間、一分とはかからなかったろう。

夢魔の一瞬であった。

はじめに打ち倒された二人の子分は峰打ちを受けたらしい。やがて起きあがり、三人して泣き泣き駕籠を担ぎ去って行くのを、折しも通りかかった小笠原佐渡守中屋敷の中間《ちゅうげん》・三次郎《さんじろう》が目撃している。

このことを、屋敷へ帰って、藩士へ届け出た三次郎は、

「いやもう恐ろしくて恐ろしくて……駕籠の中からどくどくと流れ出る血が道へつたわって、それを雨が叩くものですから、血の泡《あわ》が道へひろがり……はい、もう、何がどうしたのやら、さっぱりわからず、三人の男が駕籠を担ぎ、何やら泣きながら、春木町の方へ曲がって行きましてごぜえます」

小笠原屋敷は、現場からかなり離れた小石川御弓町《おゆみちょう》にある。そこへ帰って来て報告したのだから、相当の時間がすぎていたことになる。

八

四日後の、からりと晴れあがった昼下り。

王子稲荷の乳熊屋の奥座敷で、大井の駒蔵と近江屋佐兵衛が、ささやくように語りあっていた。

二人の顔には、満足そうな薄笑いがただよっている。

「音羽の半右衛門の葬式は、昨日だったそうだね」

と、近江屋。

「さようで。ごく、簡単にすませてしまいましたよ。仲間内《なかまうち》にも知らせず、そっとすませてしまいました。そりゃあ、そうでございましょう。みんなに、酷《むご》たらしい傷だらけの死顔を見られたひには、のちのち、どんなうわさが立つか知れたものではございませんからね」

「それで、音羽の跡目は？」

「それが旦那。おどろくじゃあございませんか。半右衛門の女房のおくらが、これから縄張りを取りしきるというので……」

「ほほう。その、女相撲のような……？」

「さようで」

「なるほどね。だが、元締。こうなったからには、もう、音羽の縄張りは、お前さんのものと考えてよいだろうね」

「へえ、まあ……ですが、仲間内のこともございます。じっくりとやるつもりでございますよ。ときに、旦那」

「なんだね？」

「昨日の夜。仕掛人の町医者へ、残り半金の七十五両をわたしておきましてございますよ」

「そうか、御苦労さま」

「ここまで、しっかりたしかめたことだから、間ちがいはございません。ちょうど、御弓町の、小笠原様の中間が通りかかりまして、半右衛門が殺されるとこを見たのだそうで……そりゃもう、血がひどく、駕籠の中から落ちて来たと申します。はい、小笠原様でも、いちおう、お上《かみ》へお届けなすったので、そのことがはっきりしたのでございます。それに、半右衛門の駕籠は、音羽四丁目の駕籠由《かごよし》から出たもので、担いでいた駕籠舁きは与七《よしち》に友五郎《ともごろう》の二人……と、探りがついたので、すぐに二人をよび、金をやって、そのときの様子を聞き取りました。もう、間ちがいはございません。二人ともびっくりして、後も見ずに逃げたと申しますが、仕掛人が刀を駕籠の中へ突き込むのは、たしかに見たと申します」

「で、その仕掛人は、大男だったのかね？」

「さ、そこまでは……何しろ旦那。びっくりたまげていたのでございますから、むりもないことなので……」

「町医者の仕掛人が、長い刀を、ね……」

「さようでございます」

近江屋佐兵衛は、ふっと、眉を寄せたが、おのれの杞憂《きゆう》を振りはらうように大きく笑った。

「ま、いい。これですんだことだ。これで、みんな終りましたよ、元締」

「まったくで……」

「ま、お祝いに一口《ひとくち》のんでから帰りましょう」

「すぐに、仕度をいたさせますでございます」

「あ、元締……」

「はい?」

「これからも何かと、ちからになってもらわぬとね」

「そりゃあもう、私から、おねがいすることなのでございます」

しばらくして、近江屋佐兵衛は乳熊屋を出た。

すでに、町駕籠が佐兵衛を待っていた。


王子稲荷社は、王子権現《ごんげん》の社《やしろ》の北方に在《あ》る。

王子権現は、伊弉冉尊《いざなみのみこと》・速玉男命《はやたまおのみこと》・事解男命《ことさかおのみこと》の三神をまつり、むかし、紀伊《きい》の国の熊野《くまの》権現を此地《このち》へ勧請《かんじょう》したものだ。

また王子稲荷は、関東における稲荷社の総本山で、毎年の大晦日《おおみそか》には関《かん》八州に棲《す》む狐《きつね》たちが、すべて王子へあつまるものだから、当夜は音無《おとなし》川の岸辺を無数の狐火がゆらゆらと群をなし、境内へ入って来るなどとつたえられている。

現代の北区王子本町。国電・王子駅の西方一帯が両社の境内だったわけだが、いまは、もう、当時の面影《おもかげ》は一片だに残っていない。

両社の境内は鬱蒼《うっそう》たる樹林と、いくつもの小丘陵に囲まれてい、近くの飛鳥山《あすかやま》の桜花は、あまりにも名高い。

「王子権現・稲荷の両社は、すべて紀州熊野山《きしゅうくまのさん》の地勢を写し、前に音無川の流れをうけて風色真妙《ふうしょくしんみょう》なり。花の時は花をもて祀《まつ》るといえる神意《かみこころ》に因《よ》るにや。社頭に多く桜樹を植《う》えて、春の頃は境内殊《こと》に観賞《かんしょう》あまりあり。また冬月雪《とうげつゆき》の眺望《ちょうぼう》も他に勝《すぐ》れたり」

と、物の本に記されている。

このように美しい景観をたのしみつつ、参詣《さんけい》をし、境内や門前にたちならぶ料理茶屋や茶店で酒食《しゅしょく》をすませて帰る。こうしたことが当時の人びとの、もっとも大きな楽しみだったのである。

ところで……。

乳熊屋は王子稲荷の裏参道にある。

このあたりは、権現社の表参道とはちがい、料理屋や茶店の数も、あまり多くはなかった。

裏参道の主な道は中仙道《なかせんどう》・板橋と巣鴨へ通じている。

近江屋佐兵衛は、巣鴨へぬけ、中仙道を本郷へ出て、本石町の店へ帰るつもりであった。ときに、八ツ（午後二時）をいくらかまわっていたろうか……。

駕籠を急がせれば、むろん明るいうちに帰宅できる。

近江屋を乗せた駕籠は、岩屋弁天の杜《もり》を右手に見て、曲がりくねった道を南へすすむ。このあたりは滝野川村《たきのがわむら》で、木立や竹藪《たけやぶ》をぬって行く道に人影もなかった。

空は真青《まっさお》に晴れあがっていた。木立の切れ目から見える彼方の田圃《たんぼ》では、田植えがはじまっていい、農夫農婦がいそがしくはたらいている姿が望見《ぼうけん》できた。

かとおもうと、道はまた木立の中へ入って行く。

小川のせせらぎがきこえた。

その小川のほとりの草原に、旅の僧が二人、腰をおろし、にぎり飯を食べていた。

駕籠が、小川の手前まで来たとき、川の向うにいた旅僧が立ちあがり、そのうちの一人が、

「もし。その御駕籠に乗っておいでのお方は近江屋さんでござりましょうな」

笠をあげて、顔を半分ほど見せ、やさしげに問いかけて来た。まだ、若い僧らしい。

ちょうど、そのころ……。

近江屋佐兵衛を送り出した大井の駒蔵は、乳熊屋の奥座敷へもどり、妾のお政を相手に、酒をのみはじめていた。

「ああ、これで何も彼《か》も、さっぱりしたわい」

「元締。何か、よっぽどいいはなしだったらしいねえ」

「そうともよ、そうともよ。さ、お前ものんだらいい」

「あい」

お政の盃へ酌《しゃく》をしてやりながら、駒蔵は何気もなく、奥庭へ視線を移した。

障子を開けはなった縁側の向うに、庭が四角に切り取られて見える。

庭の向うは、垣根をへだてて、岩屋弁天の境内になっており、杉木立が仄暗《ほのぐら》かった。

その木立の中に、何か、ちらりとうごいたようにおもった。

(おや……?)

おもわず凝《こ》らした駒蔵の右眼へ、びしっと何かが突き刺さった。

「うわ……」

驚愕《きょうがく》して片ひざを立て、手で右眼を押え、大きく開けた駒蔵の口の中へ、風を切って飛んで来た小さな円錐形《えんすいけい》の矢が吸い込まれた。

「ぐう……」

異様なうめき声を発し、大井の駒蔵が両手を天井へ突きあげるようにし、仰向けに倒れた。

矢は、吹矢《ふきや》の〔矢〕であった。

お政が悲鳴をあげ、のた打ちまわる駒蔵へかじりついた。

一方、裏参道の小川のほとりでは……。

旅僧に声をかけられた駕籠舁きが、

「へい。近江屋の旦那ですが……」

何気もない旅僧の問いかけに、つりこまれたようにこたえた。

かあっと、道へ陽が射し込んできた。

どこからか、松蟬《まつぜみ》の鳴声がきこえはじめた。

「だれだね？」

駕籠の中から、近江屋佐兵衛の声がした。

「へい、旅の、お坊さんがふたり……」

「坊さんが……」

「へい」

巾二間ほどの小川に架《か》かった土橋をわたって来る二人の旅僧を見て、駕籠舁きが、おもわず駕籠を道へ下ろした。

「近江屋さん。お久しぶりでございますな」

といいながら、すっと駕籠傍《わき》へ身を寄せて来たのは、はじめに声をかけて来た若い旅僧ではない。

もう一人の、大きな躰つきの旅僧であった。

「どなたで?」

近江屋佐兵衛が怪訝《けげん》そうに駕籠の垂れをはねあげるのと、若い旅僧が二人の駕籠舁き目がけて飛びかかったのが、ほとんど同時である。

「う……」

「ぐう……」

駕籠舁きが二人とも、若い旅僧が突き出した拳《こぶし》を躰の急所に受け、崩《くず》れ倒れた。

「だれだ。お前さん方は、だれだ?」

わめいて、駕籠から転《まろ》び出ようとする近江屋の喉元《のどもと》を、屈み込んだままの大きな旅僧の左手がぐいとつかんだ。

旅僧が右手で笠をはね退《の》けた。

藤枝梅安である。

「う……あ……」

近江屋は恐怖の眼《まなこ》をみはり、必死に逃れようとするが、左手ひとつに喉をつかんだ梅安の強烈な握力に身うごきもならぬ。

梅安の唇《くち》には、早くも仕《し》掛針《かけばり》が銜《くわ》えられていた。

駕籠の背へ押しつけられている近江屋佐兵衛の眼に、その仕掛針の細くて青白い光りが映ったか、どうか……。

たちまちに、近江屋の意識は消え絶えたのである。

木立に鳴きそろう松蟬も、この一瞬の仕掛けに気づかなかったろう。

息絶えた近江屋を駕籠の中へ残したまま、藤枝梅安がぱらりと駕籠の垂れを下ろし、若い旅僧に、

「小杉さん。だれにも見られてはいませぬな？」

念を押した。

若い旅僧が大きくうなずいた。

駕籠舁き二人が気づいたとき、二人の旅僧の姿は、もう何処にも見えなかった。

九

彦次郎が、生きのよい鰹《かつお》の半身《はんみ》を持って梅安宅へあらわれたのは、それから三日後の午後であった。

軒下へ立った彦次郎の頰のあたりを掠《かす》めて燕が一羽。矢のように空へ舞い上って行く。

外の治療から帰っていた梅安は、双肌《もろはだ》ぬぎで鍼の手入れをし、上方からもどった小杉十五郎は台所の拭掃除《ふきそうじ》をしていた。

おせき婆の病気は、まだ、よくならないらしい。

「昨日、音羽の半右衛門さんが帰って行ったよ、彦さん」

と、梅安がいった。

「へへえ。音羽の元締の子分たちが、さぞ、びっくりしたろうなあ」

「ふ、ふふ……」

あの日。

半右衛門の駕籠を襲った曲者は、小杉十五郎であった。

いうまでもなく、

「なれ合い……」

の、襲撃である。

当日、半右衛門につきそっていた三人の子分たちは、いずれもしっかりと性根《しょうね》のすわった男たちで、この三人と女房のおくらのみには、あらかじめ秘密を打ち明けておいた。しかし、二人の駕籠舁きは何も知らぬ。

それだけに、半右衛門と三人の子分の〔芝居〕は堂に入ったものだったといえようが、なに、これしきのことは、半右衛門らにとって、

「朝め し前……」

のことなのである。

駕籠から流出した血汐《ちしお》は、絵具である。

あれから、子分たちは駕籠を吉田屋へ担《かつ》ぎこみ、絵具の血だらけになっている半右衛門を寝間へ運び入れ、余人を近づけなかった。これを見た女中たちや、奉公人、子分たちも数人いたが、だれ一人として半右衛門の死を信じぬ者はいなかったという。

夜ふけてから半右衛門は特別あつらえの寝棺《ねかん》へ入り、夜明けに脱け出し、ひとり我家を出て、藤枝梅安宅へ向い、すべてが終るまで、ひっそりと隠れていたのだ。

「あの三人の手下と、女房がしっかりしていたからこそ、何事もうまく運んだのだね」

と、梅安。

「音羽の元締は、大井の駒蔵が死んだと聞いたとき、なんといいましたかね？」

「さ、それがさ……」

音羽の半右衛門は、梅安に、こういったそうである。

「いいえ、とんでもない。わしは、大井の駒蔵の縄張りをどうしようなぞと毛すじほどももってはおりませぬよ。駒蔵の片腕といわれている山室《やまむろ》の菊治郎《きくじろう》という男が、こいつがなかなかしっかりした男なので、これがまあ、駒蔵の跡目をつぐことになりましょうから、そうなればもう、菊治郎を助けてやりこそすれ、縄張りを荒らすようなまねは……」

と、いいさして、梅安を上眼づかいに見やり、

「先生。音羽の半右衛門を見損《みそこ》なってはいけませぬでございます」

そのときの半右衛門はにこりともせず、あくまでも謙虚《けんきょ》な態度をくずさなかった。

梅安は金百両を、

「今度の仕掛けは、私が好きこのんでしたことだから……」

と、半右衛門へ返そうとしたが、

「とんでもございません。百両で、これから枕を高くしてねむれるのなら、安いものでございます。まことにどうも、先生。ありがとう存じました。かたじけのうございました」

半右衛門は、どうしても金を受け取らなかったので、いま、梅安が彦次郎の前へ金包みを置き、

「さ、この百両は、彦さんと小杉さんのものだ。小杉さんが急に、上方から帰って来なかったら、私も、あのような謀《はか》り事《ごと》をおもいつかなかったろうよ」

「それにしても、小杉さんは、どうして？」

「大坂から私のところへ手紙を出した後で、矢も楯《たて》もたまらなくなり、白子の元締にことわりをいった上、江戸へ帰ってきたのだとさ」

「でも、大丈夫かね、梅安さん。まだ、小杉さんの首をねらっている奴が江戸には何人もいるはずだが……」

「ま、帰ってきたものは仕方がない。何とか考えよう」

ひそひそばなしを終えて、藤枝梅安が、台所の小杉十五郎へ、

「小杉さん。こっちへおいでなさい。まだ明るいが、いっぱいやりましょう。ちょうど、いい肴《さかな》が入ったことだし……」

「いま、まいる」

と、台所で十五郎がこたえる。

彦次郎が鰹の入った桶《おけ》を抱えて立ちあがり、

「梅安さん、まず、刺身にしようね？」

「むろんだ」

「それから夜になって、鰹《こいつ》の肩の肉を搔き取り、細かにして、鰹飯にしよう」

「それはいいなあ。よく湯がいて、よく冷《さ》まして、布巾に包んで、ていねいに揉《も》みほぐさなくてはいけない」

「わかっているとも」

「薬味は葱《ねぎ》だ」

「飯へかける汁《つゆ》は濃目《こいめ》がいいね」

「ことに仕掛けがすんだ後には、ね。ふ、ふふ……」

殺気

一

その日。

藤枝梅安は、目黒不動尊への参詣《さんけい》をおもいたち、着替えをするとき、衿《えり》の上前《うわまえ》の裏へ自分で縫いつけた〔針鞘《はりざや》〕の中に、長さ三寸余の仕《し》掛針《かけばり》を二本ひそませた。

梅安が外出《そとで》をするときの、習慣《ならわし》であった。

これは梅安にとって、唯一の、護身用の〔武器〕である。

何人もの悪のいのちを手にかけてきた梅安だけに、いつなんどき、おもいもかけぬ敵に襲われるやも知れぬ。彦次郎にしろ梅安にしろ、その総身には、

「悪の怨念《おんねん》……」

が、つもりにつもっているのだ。

藤枝梅安にとっては、なまじいの刃物なぞよりも、手指になれた仕掛針のほうが、

(どれほど心強いか知れぬ)

のであって、つかい方は千変万化《せんぺんばんか》である。

昼前に、ぶらりと家を出たとき、ふと、梅安のするどい勘ばたらきが胸にささやいてきた。

(今日は、ひょっとすると、この針をつかうような出来事が起るやも知れぬ……?)

いま、梅安は仕掛けの依頼を受けていない。それなのに、この予感はいったい何なのだろう。

(今日は、外へ出るのをやめようか……)

門口《かどぐち》に佇《たたず》み、梅安は、青々と晴れあがった初夏の空を仰いだ。

「先生よう。早く、お帰りなせえよ」

病気が癒《なお》り、一昨日から手つだいに出て来ているおせき婆さんが家の中からわめいた。

その声で、梅安のこころは決まった。

妙な予感を振捨てるがごとく、

「おお。行ってくる」

明るい声を残し、梅安は歩み出している。

まったく、このようなことを気にしていたら、

（切りがない……）

わけであった。

一刻後に……。

参詣をすませた梅安は、目黒不動裏門前にある〔伊勢虎《いせとら》〕という料理屋へ入った。

ひまの折に梅安が、品川台町の自宅からも近い目黒不動へ参詣に出かけるのは、起伏の多い目黒の田園地帯の風景をたのしみ、気ばらしをするのと同時に、伊勢虎で、ゆっくりと酒食《しゅしょく》をするのを好むからだといえよう。

江戸開府のころは、草深い田舎の小さな不動堂にすぎなかったものが、三代将軍家光の尊崇《そんすう》をうけて再興され、いまは三十余の堂塔がたちならび、一大不動霊場となり、江戸市民の崇敬《すうけい》をうけ、四季を問わず、参詣人が絶えぬ。

門前五、六町の間は貨食店《あきないみせ》や料理屋が軒をつらねてい、名物は黒飴に粟餅《あわもち》、それに筍飯《たけのこめし》であろうか。

〔伊勢虎〕でも、季節には筍飯を出すが、藤枝梅安はこの店の料理がうまいからというのではなく、奥座敷の裏手一面にひろがる田圃《たんぼ》をながめながら、のびのびと酒をのむのが好きなのだ。

「これはまあ、藤枝先生。お久しぶりでございます」

伊勢虎の内儀《ないぎ》に迎えられ、梅安は、いつもの奥座敷へ入った。

奥座敷は中庭をはさんで二つあり、短かい渡り廊下によって母屋《おもや》とむすばれている。

どの座敷も、障子は開け放ってあった。

伊勢虎としては珍らしく、鮑《あわび》の酢貝が出た。

塩でもんだ鮑の肉を切って酢洗いにし、もりつけてから調味した酢をかけまわし、おろし山葵《わさび》をそえたのを、

「うまい、うまい」

梅安は眼をかがやかし、冷酒をのみつつ、二度もおかわりをしたものだ。

と……。

中庭の向うの座敷へ客が入って来た。

どこぞの商家の夫婦づれで、六つか七つに見える女の子をつれている。

見るともなしに、梅安は見やって、

(おや……)

おもわず、箸《はし》を置いた。
三十五、六の女房の顔に、見おぼえがあるような気がしたからだ。
正面から見える、その町女房の顔の、小鼻の左わきに大きな黒子《ほくろ》がある。

そのとき、酒を運んで来た座敷女中に、梅安が訊《き》いた。

「向うの座敷にいる客は、どこの人だね？」

「芝口二丁目の笹屋さんという御菓子舗《や》の……」

「御夫婦と子供かね」

「子供といっても、貰い子でございますよ、先生」

と中年の女中で、顔なじみのお長《ちょう》が眉をしかめ、よけいなことまで口走ったではないか。

いつものお長に似合わぬことであった。

「ふうむ……貰い子だと、ね……」

「どうか、なすったので?」

「いや、別に……ただ、こんなよい日和《ひより》に、夫婦親子がああして仲よく不動様へ参詣をしに来て、こうしたところで御飯を食べて帰るという……うらやましいとおもってね」

「そう見えましょうか」

「そうではないのかね?」

「さあ、どんなものでございましょうか」

といった女中の声が、いかにも苦《にが》にがしげに聞こえた。

「これ……」

「はい?」

「あの笹屋さんの内儀は、後妻《のちぞい》らしいな……」

「まあ、先生。よく、おわかりに……」

「やはり、そうかね」

「はい」

女中が去ったのち、梅安は茶わんに汲《く》んだ冷酒をのみながら、彼方の座敷へ、見るともなしに目をやった。

笹屋の内儀の髪かたち、贅沢《ぜいたく》な衣裳などは、十余年前の、

(あの女をしのばせる何ものもない)

と、いってよかった。

ただ、細っそりとした躰《からだ》つきや、白の練絹《ねりぎぬ》を張りつめたような美しい顔貌《がんぼう》は、

(あのときのまま……)

と、いってよい。

だが、十余年前のあのとき、この女の顔はやつれ果てていたものだ。身なりも貧しく、艶《つや》の失《う》せた髪を乞食女のように束《たば》ねていた。それでいて、尚、女は美しかった。すくなくとも梅安は美しいと見た。

いま、贅沢な暮しになれきった女は、何やら甲高《かんだか》い声で、料理や酒を運んで来た女中に何かいっている。

言葉までは、よく聞きとれなかったが、見るからに威丈高《いたけだか》な様子で文句をいっているらしい。女中が料理の皿を下げて出ていったところを見ると、どうやら出た料理が気に入らなか

ったものと見えた。

笹屋の主《あるじ》がなだめようとするのを屹《きっ》と見返し、内儀が強《きつ》い声で何かいった。

おとなしそうな、五十がらみの夫は黙念《もくねん》と盃を手にした。

内儀は夫に酌をしようともせず、細い銀煙管《ぎんぎせる》を出して煙草を吸いつけた。

そのくせ、貰い子だという女の子へは、あふれるような笑顔を見せ、あたまをなでたりしているのだ。

中庭を五間《けん》ほどへだてた彼方を凝視《ぎょうし》している藤枝梅安の眼が、しだいに険《けわ》しさを増してきて、

「むう……」

低いうなり声がもれた。

中庭に、黒蝶が一羽、はらはらとたゆたっている。

笹屋の内儀が、向うから見つめている梅安に気づき、舌打ちを鳴らし、険しい声で、

「旦那。そこの障子を閉めておしまいなさい」

と、いった。

だからといって、十五年前の梅安だとはすこしも気づかぬ。

梅安も舌打ちをし、裏手の田圃が見わたせる南側へ身を移して、ごろりと横になった。

そこへ、伊勢虎の内儀が酒を運んであらわれた。

「まあ、先生。もう酔っておしまいになったので?」

「さようさ」

「いつも女中《こども》たちへ、たくさんにおこころづけを頂戴《ちょうだい》いたしまして、ありがとう存じます」

「ま、そこへすわってくれぬか」

「はあ……?」

「ちょいと、訊きたいことがある」

二

十五年前の、その日そのときのことを、藤枝梅安はよくおぼえている。

そのころ梅安は、むろん、仕掛人などではなかった。

恩師であり、育ての親ともいうべき鍼医者《はりいしゃ》・津山悦堂《つやまえつどう》と共に、京都で暮していたのだ。梅安は当時、ようやく悦堂のゆるしを得て、患者を診《み》ることも鍼を打つこともできるようになったところであった。

その日。

梅安は、愛宕山《あたごやま》・一ノ鳥居の掛け茶屋〔丹波屋《たんばや》〕へおもむいた。

愛宕山は、京都の北西四里のところにあり、祭神は稚産日命《わくむすびのみこと》、伊弉冉命《いざなぎのみこと》ほか数柱で、鎮火《ちんか》の神として古いむかしから朝野の崇敬があつい。戦国のころに、かの明智光秀が愛宕神社へのぼり、織田信長弑逆《しいぎゃく》の吉凶《きっきょう》をうらなったこともある。

その愛宕山頂の登山口に、一ノ鳥居が建てられてある。

あたりには、愛宕詣《もうで》の人びとがやすむ掛け茶屋が数軒あり、丹波屋もその一つだ。

津山悦堂と丹波屋の亭主・利兵衛《りへえ》とは旧知の間柄で、夏になると、保津《ほづ》川や清滝《きよたき》川でとれる鮎《あゆ》を丹波屋が水を張った桶《おけ》へ入れ、大急ぎで悦堂宅へとどけてくれたりする。

そして、利兵衛の躰のぐあいがおもわしくないときは、悦堂がすぐさま出かけて行き治療をしてやる。

この日も、それで、

「わしが行きたいところじゃが、ちょいと外《はず》せぬ用事があってな。代りに、お前が行ってやってくれ」

悦堂にいわれて、梅安が出かけた。

丹波屋利兵衛が、また、梅安を好んで、梅安が打つ鍼なら、

「悦堂先生に打っていただくのと同じことや」

と、信頼してくれていたものだ。

丹波屋で治療をすませた梅安は、遅い昼餉《ひるげ》をゆっくりと御馳走になり、酒もよばれ、丹波屋を辞去した。

そのときも初夏の、明るい午後であった。

梅安は、嵯峨野《さがの》の西端へ出たところで、急に酔いがまわったような感じになり、道から外れた小さな草原《くさはら》へ入り、横になって青い空をながめているうち、いつしか、とろとろとまどろんでしまった。

一刻（二時間）ほど、ねむったろうか……。

目ざめた梅安は、いつの間にか日が沈みかけているのに気づいた。

淡く夕闇がただよってはいたが、あくまでも明るい初夏の日暮れであった。

（これはいけない……）

半身を起しかけたとき、梅安は、すぐ近くで赤子《あかご》の泣き声を聞いた。

くびをまわして見て、

（おや……？）

梅安の眼が、きらりと光った。

草原の向うの竹藪の中へ、赤子を抱いた若い女房が入って行くのを見たからである。

女は、草に埋もれている梅安をまったく気づいていないらしい。

泣き声は、女が抱いている赤子のものであった。

それは、だれの目にも異常に映《うつ》ったろう。

女は竹藪へ駆けこむと、すぐに出て来て、腰を屈《かが》め、凝《じっ》とあたりの様子をうかがった。

梅安は草に身を伏せ、

(捨子をした……)

と、直感をし、むらむらと、女への憎悪がこみあげてくるのをどうしようもなかった。

(畜生め、女というやつは、いつもあれだ。勝手に生み落しておいて、手にあまると捨子にする……)

梅安は、捨子にされたのも同然の過去をもっている。

東海道藤枝の宿《しゅく》に住む桶屋・治平の子に生まれ、父親が病死したのち、実《じつ》の母親が若い日《ひ》傭取《ようとり》の男と逃げてしまい、七歳の梅安は捨て去られた。

これをひろいあげてくれたのが、折しも藤枝に来ていた津山悦堂だったことは、このシリーズで何度ものべておいた。

そうした過去をもつ梅安が、いま眼前に子を捨てた女を見て、怒りと憎しみに昂奮《こうふん》したのも当然であったろう。

女は、狩人に追いかけられている野兎《のうさぎ》のような顔つきになっていた。

それは、実に、

(なんともいえぬ……)

顔つきをしていた。

何ものへ向けているのか知れぬ怒りと、激しい絶望に打ちのめされた悲しみと、子を捨てたのちの虚脱《きよだつ》とが綯《な》い交《ま》ぜとなり、名状しがたい鬼気《きき》をさえただよわせていたものである。

その女が、十五年後のいま、江戸の菓子舗・笹屋伊兵衛の女房におさまっている。

しかも、貰い子を得て……。

そのとき、女は、

(だれにも見られていなかった……)

と、おもったらしい。

身をひるがえし、よろめきながら畑道へ出て行った。

同時に梅安は、竹藪へ飛びこんだ。

男の赤子が、うす汚れた布に包まれ、竹藪の中でひくひく、泣いているのを梅安は抱きあげ、草原へ駆けもどった。

間もなく、そこからすこしはなれたところにある竹藪の道を逃げ去って行く女の前へ、突然、赤子を抱いた梅安があらわれた。

「あっ……」

女は驚愕《きようがく》し、ひどくふるえはじめた。

梅安は赤子を突きつけるようにした。

女は烈《はげ》しく、かぶりを振った。

梅安は、こみあげてくる怒りが却《かえ》って声にも言葉にもならず、抱いた赤子を女の胸へ突きつけ、ぐいぐいと押した。

「ひいっ……」

女は怪鳥《けちょう》のような声を発し、飛びさがった。

「おい、女……」

せまる梅安に、女は両手を合わせ、何度も何度もあたまを下げて見せた。

そうしながら、女はうしろ下《さが》りにさがって行く。

「うぬ……」

梅安は片手に赤子を抱き、片手を女にのばしてつかまえようとした。

「あ……あっ、あっ……」

獣《けもの》じみた叫びをあげ、女は梅安に背を見せて走り出した。

今度は、よろめくどころではない。

恐ろしい悪魔の手から逃れでもするように、
と、おもうほどの猛烈な速度で、逃げ去ったのである。

(これが女か……)

「むう……」

追って追えぬことはなかった。

なかったがしかし、梅安の足はうごかなかった。

(こ、こんな女《やつ》に、いくらいって見たとて、同じことだ。たとえ、いったんは赤子を引き取っても、私がいなくなれば、また、捨てるだろう)

一瞬、そのおもいが、脳裡《のうり》を疾《はし》ったからである。

藤枝梅安は、その捨子を抱き、津山悦堂宅へ帰って来た。

「先生。実は……」

と、梅安が語るのを聞いて、

「その女、男にだまされ、子をはらまされたあげく、捨てられでもしたのじゃろう」

津山悦堂は、赤子を抱き取り、

「仕方もないことよ。わしが、よい養い親を見つけてやろう。実の親よりも、胸の内があたたかい親を、な」

と、いったのである。

三

そのときの男の子は、津山悦堂の世話で、京都の油《あぶらの》小路《こうじ》三条下ルところの塗師《ぬし》・与助《よすけ》へ貰われて行った。

与助は、当時、四十をこえたばかりであったが、女房お吉《きち》との間に子が生まれず、病身のお吉が、よく、悦堂宅へ来て鍼の治療を受けていたものだ。

「まあ、生まれた子を死なせたというのなら、さびしくもありましょうが、私どもは、はじめから子をもったことがないので、別に、いまさら、他人の子を貰おうとはおもいませぬ」

と、はじめは与助が受けつけようとしなかった。

悦堂は、

「これ、わしは、お前の女房の躰をあれだけ、丈夫にしてあげたのだから、一つぐらい、たのみを聞いてもよいではないか」

めずらしく、執拗《しつよう》にすすめたものだ。

「それはもう、よう、わかっておりますのや、先生。それでは、私が、その捨子の養い親を見つけてさしあげましょう。これならよろしい。な、先生……」

「いや、そうでない」

「へ……?」

「わしが、おぬしたち夫婦を見込んだのじゃ」

「こ、これは先生。むちゃでござりますがな」

「津山悦堂が、たのんでいる。どうか、貰ってくれ。たのむ」

男の子を、みずから抱えて与助の家を訪ねた悦堂に、先《ま》ず、女房のほうが、

「それなら、まあ、うちの子にしまひょかいな」

と、いい出した。

与助は、毎日、根《こん》をつめて仕事する男だけに、

「赤子なぞ、うるさい」

と、いうのだが、そこは女の、お吉としては、自分の躰から生まれる望みが絶えたといってよいだけに、乗気になってきたのだ。

こうなっては、与助も仕方がない。

ところが……。

いざ、自分の子にしてみると、今度は女房よりも与助のほうが夢中になってしまい、悦堂のところへやって来ては、

「先生。あの子は、手つきがよろしい。私が、じゅうぶんに仕込んで、ひとり前の塗師にするのがたのしみどす」

などと、いいはじめた。

悦堂が亡くなったとき、与助夫婦は、当時三つか四つになっていた男の子をつれて通夜にあらわれたが、それを見た藤枝梅安は、

(なるほど。悦堂先生が与助夫婦を見込んだだけのことはある)

つくづくとおもったほどに、どう見ても実の親子の情愛が通い合っていたのである。

男の子の名は、一太郎《いちたろう》。悦堂がつけてやったのだ。

先年、京へ立ち寄ったときも、梅安は塗師・与助の家を訪ねてはいない。

鍼医者としての自分ならば、

(一太郎も大きくなって、父親の手つだいをしていることだろう。どんなになっているか、見たいものだな)

そのおもいを、すぐさま行動に移せたろうが、このところ、梅安が京へ大坂へおもむくときは、かならず、仕掛けの事が、

(からみついている……)

のであった。

そうしたときに、旧知の人びとの顔を見、声を聞くことは、

(つつしまねばならぬこと……)

と、梅安はおもいきわめている。

ところで……。

一太郎を生み、捨てた女……いまは笹屋伊兵衛の内儀になっているおたかのことを、梅安は、伊勢虎の内儀から聞いたのだが、それによると、一太郎を捨てたのち、数年の間は、どこへともなくながれて行き、暮していたと看《み》てよい。

とにかく十年ほど前に、おたかは、芝・神明門前の〔美濃彦《みのひこ》〕という大きな料理屋の座敷

女中となって、笹屋伊兵衛の前へあらわれたのであった。

笹屋は、同業の寄り合いなどに、この美濃彦を、たびたびつかっていたらしい。

「……はい。そのとき、笹屋の旦那は先《せん》のおかみさんを亡くしたばかりだったとかで……はい、きっと、さびしかったのでございましょうねえ。お子さんも生まれなかったのですから……ま、そんなこともあったかして、美濃彦さんへ行くたびに、何かと世話をしてくれる座敷女中の……いまの、おかみさんを、すっかり気に入ってしまったのだそうで……」

と、伊勢虎の内儀が梅安に、

「ま、あのとおり、きれいな顔だちをしていなさることもあったのでございましょうが、人のうわさでは、美濃彦さんへ入って、さほど年月《としつき》もたっていないのに、よくはたらくし、気もまわるしで、ごひいきのお客さまも大分にあったそうでございますよ」

「あの女が、な……」

「わからないものでございます。私どもも、笹屋の旦那から何も聞いてはおりませんし、内情を知っての上で申すのじゃございませんが……何しろ、ねえ。先生もごらんになったとおり、うちへお寄りなすったときの様子を見ると、何となく見当がつくような気もいたします」

「他人のことは、すこしも考えぬ。おのれのすることなすことは、なんでも世の中に通ると、おもいこんでいるようだな、笹屋の女房は……」

「おとなしい旦那と、お金に困らない暮しがあると、女というものは……」

「たいてい、ああなるものなのかね。どうだな？」

「まあ、そんな女《ひと》ばかりでもありますまいけれど……」

「あんな女ばかりだったら、世の中は闇だ。男の生きて行く甲斐《かい》もない」

「まあ、ほ、ほほ……あれ、お酒が冷えてしまって」

「もう、よい。そろそろ帰らぬといけない」

「さようでございますか……」

「おもしろいはなしを聞かせてもらって、退屈しのぎになった」

「まあ、藤枝先生。こんなうわさばなしは、どこにもあることじゃございませんか」

「女という生きものは、おのれの過去《むかし》を平気で忘れきってしまうものだというが……それにしても、忘れてよいことと、忘れてならぬことはあるはずだなあ……」

「え……？」

「いやなに、こっちのことだ」

間もなく梅安は勘定をすませて、身仕度を直し、座敷を出た。

廊下を母屋の方へ歩んでいくと、いつの間にか、どの座敷へも客が入ったと見え、酒食を運ぶ女中たちが、いそがしそうに行き交《か》っている。

江戸郊外だけに、目黒不動門前の料理屋や茶店は、なんといっても日中の商売であって、日が暮れてからは、ばったりと人の足が途絶えてしまうのである。

梅安が母屋の廊下へ出たとき、向うから、笹屋の内儀があらわれた。

母屋の雪隠《せっちん》へでも行ってきたのであろう。

梅安は、おたかの前へ、むしろ立ちふさがるかたちになって足をとめ、凝《じっ》と正面から近寄って来る女を見すえた。

おたかは、梅安のことを、中庭をへだてた向うの離れ座敷にいた客だと気づいたようだが、十五年前に、自分が捨てた子を抱いて追いかけて来た若者だとはおもいもよらぬ。

梅安をにらむようにして、近づいて来て、

「ふん……」

低く、鼻で笑い、梅安へ肩をぶつけるようにして、うしろへすりぬけたのである。

そのときであった。

近くの座敷の客がつれて来たらしい男の子の手を引き、若い座敷女中が廊下を曲がって来た。

六つか七つに見える男の子が笑いながら廊下を曲がって来て、いきなり、おたかにぶつかった。

女中につれられ、小用《こよう》にでも行くところであったのだろう。それが、ふざけて女中の手を振りもぎり、駆けて来たのである。

「あれ、あぶない……」

と叫んだ女中の前へ、

「痛いじゃあないか」

おたかが子供を叱りつけ、これを、ちからまかせに突き飛ばした。

「あっ……」

女中が両手に子供を抱きとめ、よろめいた。

男の子は泣きもせず、おたかをにらみつけた。

「女中がついていて何のことだ」

と、今度は若い女中を、おたかが叱りつけた。

「申しわけございません」

「だから、このうちは嫌だというのだ。料理もまずければ、女中の仕つけもよくない。うちの旦那が好きだというので仕方なく来てやっているのだから、すこしは気をおつけ。すぐに、ここのあるじをおよび」

ぴしぴしときめつけ、足音も荒く、離れ座敷の廊下を曲がって行くおたかを見送った藤枝梅安の右手が着物の衿の上前へかかった。

梅安の両眼は針のごとく細められ、その細く青白い光りへ、あきらかに殺気が噴《ふ》き出している。

伊勢虎の内儀が、

「どうしたのだえ?」

向うから駆け寄って来た。

梅安は、あとも見ずに、伊勢虎から出て行った。

四

まだ、日は高かった。

目黒不動堂の惣門《そうもん》を入って鳥居をくぐり、仁王門をぬけると高い石段がある。

石段をのぼりきった左手に経蔵。正面に本堂。右手には鐘楼があり、本堂のうしろには鬼《き》子《し》母《も》神《じん》をはじめ、いくつもの堂宇《どうう》が立ちならび、境内は深い木立におおわれてい、新緑のにおいが鮮烈にたちこめていた。

何しろ、初夏の、またとない好晴であった。

参詣の人びとが、ひろい境内にみちあふれている。

藤枝梅安は、石段の上に立ち、惣門から入って来る人びとを見つめていた。

先刻、伊勢虎の内儀は、こういった。

「笹屋の旦那は、いつも、うちで昼の御膳をめしあがってから、お不動さまへ参詣なさいます」

果して、来た。

笹屋伊兵衛とおたかが、貰い子の手を両側から引いて、惣門を入って来た。

うしろに、笹屋の女中がひとり、つきそっている。

梅安も先刻、伊勢虎の中庭をへだてて見たが、まことに可愛らしい女の子であった。

おたかが、伊勢虎の廊下で突き飛ばした男の子と同じ年ごろに見える。

幼いことも幼いのだが、笹屋夫婦に甘えきって笑いかけるその顔が、遠目《とおめ》にも、

（おそらく、あの子は、生まれ落ちてすぐに貰われたのだろう。笹屋夫婦を実の親とおもいこみ、これからも育ってゆくにちがいない）

と、おもわれた。

おたかは、この子を貰いうけるときに、むかし、京の嵯峨野へ捨てた我子のことをおもいうかべたであろうか……。

（おもい出さぬはずはない）

と、梅安はおもう。

だが、いまはどうか……？

（忘れてしまっているのだろうよ）

としか、おもえぬ。

先刻の、おたかの言動を見たかぎりでは、そうとしかおもえぬ。

(あのとき、男の子を突き飛ばしたあのとき……あの女は、みじんも、一太郎のことをおもいうかべはしなかった。これだけは、たしかだ)

と、梅安は確信している。

(畜生め!!)

であった。

(あの女は、人間ではない)

人でないものを、人の世に生かしておくことは、多くの人びとの害になるばかりだ。

というよりも、

(おれは殺したい。あの女を、どうしても殺したい……)

おたかの顔に、自分を捨てて、若い男と逃げて行った母親の顔が重なって見える。

すでに、梅安の右手に仕掛針が隠されてあった。

仁王門をぬけて、笹屋夫婦が石段の下へ近づいて来る。

女の子が、笑っている。甘えている。

笹屋伊兵衛は、先刻、女房の甲高い声に辟易《へきえき》していた渋い顔つきを忘れたかのように、とろけるような笑顔で幼いむすめにこたえ、その笑顔をおたかへも向け、何かいっている。

おたかもまた、伊勢虎で梅安が見た、あのとげとげしい顔貌ではない。

手を引いた女の子へ、絶えず語りかけ、笑いかけているのである。

笹屋の一行が石段をのぼって来た。

のぼりきって、本堂へ向っている。

藤枝梅安は、それを見送り、石段を下《お》りて行った。

この石段で、すれちがいざまに、梅安はおたかの急所へ仕掛けを打ち込むつもりだった。

それなのに、

(殺せなかった……)

のである。

おたかに手を引かれている貰い子の、いかにもしあわせそうな笑顔が、梅安の殺気を吹き飛ばしてしまったのだ。

(あの子には、あの畜生女が、よい母親なのか……？)

そうとしか、おもえぬ。

うなだれて、惣門を出て来た藤枝梅安は、右手の茶店へ入り、そこの老爺《ろうや》へこころづけをわたし、

「すまぬが、紙と筆を……それに縫針《ぬいばり》を一本もらいたい」

と、たのんだ。

しばらくして、笹屋夫婦一行が、惣門を出て来た。

その瞬間、人ごみにまぎれて自分とすれちがった梅安に、おたかはまったく気づかなかった。

笹屋夫婦が、養女のおきみや女中と共に、芝口二丁目の家へ帰ったのは、七ツ（午後四時）すぎであった。

おたかはおきみを抱いて、伊勢虎の前に待たせておいた町駕籠へ乗り、帰って来たのだ。

駕籠を下りたときのおたかは、おきみへやさしく何かいい、店へ入るや否や、顔色《がんしょく》をひきしめ、迎えに出た店の者へきびしく何かいいつけ、おきみの手を引いて奥へ入った。

女中が二人がかりでおきみの着替えをさせている。

それを、おたかは長火鉢《ながひばち》の前で、たのしそうにながめている。

笹屋伊兵衛は、店へ入ると、すぐに、番頭と何やらはなしこんでいる。

煙草を一服吸ってから、おたかは立ちあがり、

「おきみや。今日は、たのしかったかえ？」

「ええ。また、お不動さまへ行きたい」

「いいとも。お前の好きなときに、いつでも、つれて行ってあげよう」

そういって、おたかは次の間へ入って行った。

着替えをするためであった。

帯を解いた。

着物の衿へ手をかけて、おたかが、はッとなった。

衿の上前の裏側に、小さな紙きれが縫針で刺しこまれているではないか……。

おもわず、あたりを見まわしてから、おたかが縫針を引きぬき、紙片を手にとって見た。

その紙へ見事な細字で、つぎのようにしたためられている。

十五年前、京の、さが野へ捨てた我子を忘れるな。忘れたるときは、いつにても、そのいのちをもらいうける。

「あっ……」

おたかは、低く叫んだ。

そして、紙片を放り捨てた。

捨てたかとおもうと、また、つかみとり、破りかけた。

破りかけて、また、ひろげて見た。

おたかの顔は、死人のように血の気が失せている。

となりの座敷で、女中たちと何やら語り合いながら、おきみが明るい笑い声をたてていた。

ぐったりと、そこへすわりこんだおたかは、紙片を引き裂きはじめた。

緩慢《かんまん》な手つきで紙を引き裂いているおたかの視線は、虚《うつ》ろに空間をただよっている。

おたかの青白い額《ひたい》に、あぶら汗がにじんできた。

梅安流れ星

一

昨日の夕暮れであったが……。

浅草の外れの塩入土手下にある我家へ帰って来た彦次郎は、土間へ落し込まれている結び文を拾いあげた。

「手すきのときに、顔を見せて下さい　　たま屋」

と、したためてある。

浮かぬ顔つきになった彦次郎は、竈《かまど》へ火をおこし、その中へ結び文を投げ込み、軽い舌打ちをもらした。

冷え冷えと曇った一日が、いま、暮れようとしている。

台所の小窓の向うの柿の木に、まだ、いくつかの実が残っていた。

朝のうちに買っておいた豆腐を土鍋《どなべ》へ入れて煮ながら、彦次郎は別の小さな鉄鍋で葛餡《くずあん》をこしらえた。

行燈《あんどん》に火を入れてから、酒をあたため、豆腐に熱い葛餡をかけまわした一鉢と大根の切漬《きりづけ》だけで、彦次郎は五合ほどのんだ。

結び文は、まぎれもなく、玉屋《たまや》七兵衛《しちべえ》が書いたものだ。

おそらく七兵衛自身が此処《ここ》へやって来て、彦次郎が留守と知り、これを戸の隙間《すきま》から落しこんだのであろう。

となれば、

(仕掛けを、たのみに来たにちげえねえ)

のである。

いまの彦次郎に、受ける気はなかった。

(このところ、梅安さんと一緒の仕掛けでねえと、何だか億劫《おっくう》で仕方がねえ。というよりも……梅安さんと一緒でねえと、何となく、こころ細いのかも知れねえ。ふ、ふ……このおれがさ)

翌日も、翌々日も、彦次郎は玉屋七兵衛を訪ねて行かなかった。

彦次郎が結び文を見てから、五日目の夕暮れになって、

「ごめんよ。彦さんはいなさるかえ?」

戸の外で、やさしげな老人の声がした。

表向きの稼業の〔ふさ楊子《ようじ》〕を削《けず》っていた彦次郎は、すぐに立って行き、外の闇の中に佇《たたず》んでいる人を迎え入れた。

「夜になると、冷えるねえ」

と、入ってきたのは、灰汁抜《あくぬ》けのした六十がらみの、すっきりとした躰つきの老人で、これが玉屋七兵衛であった。

七兵衛は、品川宿《じゅく》を江戸口《ぐち》から入ってすぐの歩行《かち》新宿《しんしゅく》三丁目で、水茶屋をやっている。となりに谷山稲荷《やつやまいなり》の社《やしろ》があるところから、土地《ところ》の者は、七兵衛のことを、

「稲荷の親方」

と、よぶ。

水茶屋の亭主には、似つかわしくない呼び名だが、それもこれも七兵衛が、江戸四宿《ししゅく》の一、東海道の出入口でもある品川宿で隠然《いんぜん》たる勢力《ちから》をもち、宿場を運営する公共機関ともいうべき問屋場や関東代官の役人なども、七兵衛には一目《いちもく》も二目も置くほどの男だからにちがいない。

水茶屋は、吉原の遊里の引手《ひきて》茶屋《ぢゃや》のようなもので、芸者をよんで酒ものめるし、食売女《しょくばいおんな》と称する遊女千人におよぶ品川宿の食売旅籠《いはたご》へ、客の案内もする。

歩行新宿・北と南の品川宿を合わせて九十余軒におよぶ妓楼の主人たちも、玉屋七兵衛に

は、

「頭が上らぬ……」

　そうな。

　自分の水茶屋の経営は、女房・お才《さい》にまかせきりの七兵衛だが、裏へまわっての用事は多忙をきわめ、決して表向きに顔を出さぬけれども、

「品川宿は、稲荷の親方でもっている……」

　などとも、いわれている。

　七兵衛の経歴は不明だが、十五年前に、玉屋の株を買い取り、亭主におさまったらしい。

　彦次郎は、

(玉屋の旦那は、むかし、むかし、腰に大小の刀を差していたにちげえねえ)

　と、にらんでいた。

「結び文を、見て下すったか？」

　と、七兵衛が、彦次郎の出した茶を一口《ひとくち》のんで、

「よい茶を、のんでいなさる」

「とんでもないことで……」

　細面《ほそおもて》の七兵衛の、白い眉がぴくりとうごき、

「これで、どうだろう」

袱紗《ふくさ》包《づつ》みを出し、ひらいて見せた。

小判の二十五両包が二つ。半金の五十両である。

仕掛料としては大きい。

したがって仕掛ける相手も、

（むずかしい……）

ことになるわけだ。

「すぐに来てくれなかったね。いま、仕掛けには気が乗らぬようだが……」

「さようで……」

「やはり、そうか。ま、そうしたときもあるだろう。何といっても、人のいのちを消すことなのだからね」

「親方には義理もございますし……それに、久しぶりのおたのみとあっては、ことわるのも気が引けるのでございますが……」

「たのむ、彦さん。引き受けておくれ。お前さんでなくては、出来ないのだ」

「ははあ……？」

「相手は、いうまでもなく、私がたのむことだから、悪い男なのだ。この世に生きていてもらっては諸人《しよにん》が迷惑をする。浪人だがね。いや、むしろ剣術つかいといったほうがよいだろう」

「旦那……二、三日考えさせて下さいませんか」

「……ま、よろし。待ちましょう。では三日後に、品川へ返事をもって来ておくんなさるかえ?」

「かならず」

「では、待っていますよ」

玉屋七兵衛は、送って出た彦次郎の袂《たもと》へ、

「これは、別だ。とっておいておくれ」

紙包みを落しこみ、木立の向うに待たせておいた町駕籠《まちかご》のほうへ歩んで行った。

紙包みの中には一両小判が五枚。

彦次郎は、顔をしかめた。

つぎの日、朝飯をすませてから、彦次郎は家を出た。

朝から雨であった。

雨にしても、だ。彦次郎が品川台町の藤枝梅安宅へ着いたのは、夕暮れ近くなってからである。

「や、おいで」

梅安は居間で、何やら、むずかしそうな書物を読んでいたが、

「ちょうどよかった。相手がほしかったところなのだよ」

「何か、うまいものが入りましたかえ？」

「患家《かんか》が、軍鶏《しゃも》をくれてな」

「そいつは、いい」

夜に入って、まだ、しずかな雨音がしている。

のみ、食べ、二人は寝そべっていた。

「このところ、夜が冷えるね、彦さん」

「まったく……」

「今日は、何か特別の用があったのじゃないか？」

「よく、わかりなさる」

「仕掛けかね？」

「百両ですよ、梅安さん」

「ほう、大きい」

「ひとりじゃあ、気がすすまなくってね」

「ふ……私に、仕事を分けてくれるというのかね」

「相手は、ひどく悪い奴だそうで……」

「ふうん……」

「品川の、玉屋七兵衛にたのまれてね」

「玉屋か……うわさには聞いている」

「その前に、はなすことがある」

「何を、ね?」

「小杉十五郎さんを、ここへ来る途中、見かけましたよ」

「ほう、そうか……」

「そいつが、どうも、妙だった」

「小杉さんは大坂から帰って、私に迷惑をかけてはいけないからと、突然、姿を消してしまったのだが……」

二

この日。

彦次郎は徒歩で、梅安宅へ向かった。

芝の田町へ出たのが四ツ半(午前十一時)ごろだったろう。

四丁目の、いわゆる札《ふだ》の辻《つじ》に、武蔵野屋《むさしのや》与兵衛という蕎麦《そば》屋がある。近年にできた店で、夏も冬も戸障子を開け放し、入れこみの土間の真中に大火鉢を据《す》え、四季を通じて、炭火を山のように盛りあげてある。さすがに夏は炭をおこしてはいないが、冬は、これが真赤になっている。

出すものは〔武蔵野蕎麦〕と名づけた太目のくろい蕎麦のみだが、彦次郎は、ここが気に入り、梅安宅の往《ゆ》き復《かえ》りにかならず立ち寄る。

この日も、その例にもれなかった。

武蔵野屋では、茶わんにくみこんだ冷酒に一杯がきまりで、それ以上は亭主の与兵衛が絶対に出さない。

「ここは、酒をのむところでねえ」

客の見ている前で蕎麦を打ちながら、六十がらみだが、すばらしく大きな躰と声をしている与兵衛にそういわれると、客はだまって引き下るよりほかはない。

一杯の冷酒を一息にのみほした彦次郎が、ひょいと往還《おうかん》を見やって、

「おや……？」

おもわず、腰を浮かした。

往還を品川の方へ通りすぎた浪人ふうの男の編笠《あみがさ》姿《すがた》が、小杉十五郎そっくりだったからである。

すすりこもうとした蕎麦を、となりの客へ、

「急ぎの用事ができたもので、よかったら、こいつを食べておくんなさい。なあに口をつけちゃあおりません」

こういって銭《ぜに》を置き、彦次郎が武蔵野屋の前へ出たとたんに、

「はっと、立ちすくみましたよ、梅安さん……」

と、彦次郎がいう。

「どうして、ね？」

「目の前を、すっと通りすぎた二人連れがね……」

その、身ぎれいな町人姿の二人連れが、

「小杉十五郎め、どこまで行きやあがるのか」

「あわてるな」

ささやきかわす声を、耳にしたからであった。二人は、どこにでも歩いていそうな、目立たない姿かたちをしている彦次郎に、まったく関心をはらっていなかったらしい。

「すると、その二人に、小杉さんは後をつけられていた……？」

「そのとおりなので……」

「ふむ。それから？」

「いうまでもねえ、後をつけましたよ。小杉さんの後をじゃあねえ。その二人の後をだ。すると、大木戸をすぎて高輪《たかなわ》へかかろうというときに、向うから牛に引かせた荷車がいくつもやって来た。そのときに、小杉さんの姿が消えちまったので……」

「さすがに小杉さんだ。その二人につけられていたのを、知っていなすったのだね」

「そうらしい。二人とも、あわてやがってねえ。ふ、ふふ……」

小杉十五郎が尾行の二人を、

「撒《ま》いた……」

とすれば、右手の道へ切れこんだにちがいない。左手は町屋一側《ひとかわ》の向うが海（江戸湾）である。右手は寺院や武家屋敷が台地に密集し、曲がりくねった細道がいくつもある。

「それで、とうとう、小杉さんは消えっぱなしさ。二人とも口惜しがっていましたよ。え、もう、今度はこっちが二人の後をつけた。あの二人も、かなりしたたかな奴らだろうが、私のほうがちょいと上手《うわて》だからね」

「もっともだ、といっておこう」

「冷やかしてはいけねえ、梅安さん。奴らはね、東海寺《とうかいじ》の門前で、二手に別れましたよ。一人は品川の方へ行く。こいつは、また何処《どこ》かで小杉さんを見かけるかも知れねえとおもったのだろうね」

別の一人は往還を東へ引き返して行き、彦次郎はこやつの後をつけることにした。そうすれば、小杉十五郎の尾行を、こやつどもに命じた大本《おおもと》への手がかりがつくと看《み》たからである。

そやつは、

「京橋のね、鈴木町の、ほれ、袋町《ふくろまち》新道に伊勢屋という鰻屋がある。その傍《わき》の路地を入った突き当りの、小ぢんまりとした二階家へ入りましたよ」

「だれが住んでいる？」

「近所で当って見たら、なんでも半年ほど前に、上方《かみがた》から来た侍が入っているそうで……家《い》主《ぬし》は、木挽町《こびきちょう》三丁目の裏通りにある吉野屋という料理茶屋だといいますぜ」

「おお、知っている。吉野屋は、あのあたりでも、ちかごろは滅法《めっぽう》、繁昌《はんじょう》をしているらしい」

「へえ……」

「その侍……浪人かね？」

「まあ、そうだろうね。見とどけなかったが、なんでも人品《じんぴん》のいい、三十七、八の侍らしい。めったに外へは出ねえので、近所でも、よくわからねえといっていたっけ」

「それで？」

「しばらく、見張っていると、小杉さんをつけていたやつが、出て来やがった」

「また、後をつけたのか？」

「いいや……」

彦次郎が、かぶりを振って、

「もう、くたびれちまってね。腹はぐうぐう鳴ってきやがるし、足は重くなるしで、めんどうだから駕籠をひろって、此処《ここ》へやって来ましたのさ。そうしたら梅安さん、軍鶏にありつけたというわけだ」

　苦笑した藤枝梅安が、

「彦さんは、冷めたい人だね」

「え……どうして？」

「小杉さんにさ」

「そんなに、あの人のことが気にかかりますかえ。ま、私も気にかかったから、後をつけたようなものだが……けれどねえ、梅安さん。小杉さんは、われから身を隠しなすったのだ。それを、何も、こっちが深追いをすることもないとおもってね。というのは、それ、梅安さんも私も、大手を振って世渡りができる身じゃあねえ。もう、小杉さんには近づかねえほうがいいのではないか、と、こうおもってね」

「ふうむ……」

　小杉十五郎は、浅草・元鳥越《もととりごえ》の牛堀《うしぼり》九万之助《くまのすけ》の道場にいて、浪人ながら、九万之助の代稽《だいげい》古《こ》をつとめるほどになり、このため、九万之助の遺言によって道場を引きつぐことになったとき、門人の中の片桐謙之助《けんのすけ》と松平新次郎らに恨まれ、彼らの襲撃をうけ、二人を斬って殪《たお》した。

　ちょうど、一年前のことだ。

　藤枝梅安は、十五郎を上方へ逃がすために同行し、東海道・御油《ごゆ》の宿外れで、片桐謙之助の兄・隼人《はやと》を返《かえ》り討《う》ちにした。

その折、彦次郎は、松平新次郎の兄・斧太郎《おのたろう》の右眼を、得意の吹矢《ふきや》で潰《つぶ》してしまい、結局は三人で、十五郎を追う牛堀門下や、片桐・松平両家の家来たちを合わせて十人ほどを殺している。

梅安は、その後、小杉十五郎を大坂の香具師《やし》の元締・白子屋菊右衛門にあずけたが、十五郎は今年の初夏になり、なつかしい江戸へ舞いもどって来てしまったのだ。

だから、もし……。

十五郎が江戸にいると知ったら、旗本である片桐・松平両家では、これを見逃すはずがない。

しかし、両家とも、これを公《おおやけ》にすることができない。

なぜなら、非は十五郎に討たれたせがれどもにあるからだし、さらに東海道を追った二人の兄たちも返り討ちとなったのでは、天下の旗本の面目も丸潰れとなったわけで、このようにだらしのない始末を幕府《こうぎ》に届け出たりしたら、

「もってのほかのこと……」

と、叱りつけられ、両家とも、却《かえ》って処罰を受けることになりかねないのである。

ゆえに、片桐・松平両家では、いっさいを秘密にしておかねばならぬ。

討たれた息子たちは、病死として届け出たのだ。

それだけに、口惜しさも層倍《そうばい》だろう。

もし、十五郎を見つけたなら、秘密裡《り》に、これを、

「討ち取らねばならぬ……」

ことは、いうまでもない。

では……。

小杉十五郎を尾行していた二人と、京橋・鈴木町に住む浪人は、片桐・松平両家から、十五郎暗殺をたのまれているのか……。

「梅安さん。私も、十五郎さんは好きだが……われから身を隠したあの人に、もう、関《かか》わり合うことはねえとおもい当った。それで、見張りをやめたのさ」

彦次郎は、冷静にいった。

「そのとおりだよ、彦さん」

梅安は、すこしもさからわずに、憂鬱《ゆううつ》な顔つきになって黙りこんだ彦次郎へ、

「さ、もう少し、のみ直そうか」

と、笑いかけた。

その翌日。

梅安宅に泊った彦次郎は、品川宿へ、玉屋七兵衛を訪ねた。

梅安が、昨夜、

「彦さんが玉屋に義理があるのなら、その、ひどく悪い奴の仕掛けを手つだってもよい」

と、いってくれたからである。

「おお、彦さん。よく来てくれた。ところで、肚《はら》が決まったかえ?」

玉屋七兵衛は、彦次郎を奥座敷へ通し、先ず、酒を出してから、そう尋ねた。

「え……やらせていただきます」

「そうか、それは、ありがたい」

七兵衛は、あらためて半金の五十両を彦次郎の前へ置いた。

「いただきます」

五十両を押しいただき、ふところへ入れた彦次郎が、

「で、旦那。仕掛けの相手は?」

「京橋筋の鈴木町に住む浪人で、林又右衛門という男なのだよ。その家は、この絵図面を見ておくれ。ここだ」

「……?」

ぎくりとしたが、そこは彦次郎、眉毛《まゆげ》一筋《ひとすじ》うごかさなかった。

むしろ、明るい声で、

「よろしゅうございます」

と、うなずいたものである。

三

つぎの日の午後もおそくなってからだが……。

鈴木町の路地奥に住む、浪人・林又右衛門が家を出た。

浪人といっても、身につけているものは贅沢《ぜいたく》なもので、納戸色《なんどいろ》の山岡頭巾《やまおかずきん》に面《おもて》を隠し、八丈縞《はちじょうじま》の着ながしに黒の羽織。拵《こしら》えも立派な大小を腰に帯《たい》して、微風《びふう》のように路地からあらわれ、音もなく何処かへ去った。

それから半刻ほどして、木挽町三丁目の裏通りの料理茶屋・吉野屋の奥座敷に、又右衛門の姿を見ることができる。

又右衛門の前に、立派な身なりの侍が三人いる。

一人は、吉野屋からも程近い木挽町四丁目に屋敷を構える三千石の大身旗本・片桐主税助《ちからのすけ》正尚《まさひさ》の用人・三宅五兵衛《みやけごへえ》。

一人は、同じ片桐家の家来・林平吾《へいご》という者で、これが、林又右衛門の従弟《いとこ》にあたる。

残る一人は、千石の旗本で四谷御門外に屋敷がある松平伊織《いおり》の長男・宗之助《そうのすけ》であった。

片桐・松平の両家は、それぞれ、牛堀道場の門人だった子息三人を、小杉十五郎に斬殺され、一人は彦次郎の吹矢で右眼を失なってしまった。

その両家の家来と、長男が、吉野屋へあつまり、林又右衛門を、密《ひそ》かに呼び出したわけである。

三宅五兵衛は、この吉野屋の常客《じょうきゃく》といってよい。主家の屋敷も近く、大身旗本の用人といえば大名の〔家老〕に相当する。

主人・片桐主税助に代って、客を接待することもあるし、そうしたときには、武家の常客が多い吉野屋が便利だからだ。

「……昨日は、小杉十五郎を見失なったそうでござるな」

と、三宅用人が林又右衛門にいう。

「さよう。昨夜、使いの者にとどけさせました手紙のとおりです」

頭巾をぬいだ又右衛門は四十そこそこの年齢であろう。白皙《はくせき》の美男子といってよい。

ただ、切長の両眼は、いつも細められてい、容易に自分《おのれ》の感情を眼の色にあらわさぬ。

「見失なったでは、困るではないか」

と、松平宗之助がきびしくいった。

「いや、松平様。従兄《あに》におまかせ下さい。大丈夫でございます」

と、これは三宅用人につきそって来た林平吾である。

又右衛門は、沈黙《ちんもく》した。

平吾が、三宅用人と松平宗之助を説得にかかった。

雨の音が、急に、きこえはじめた。

秋の時雨《しぐれ》である。

しばらくして、三宅五兵衛と松平宗之助が吉野屋から去り、平吾と又右衛門が残った。

二人は、酒をくみかわしている。

「従兄上《あにうえ》。小杉めを、これから、どうやって探します？」

「おぬしたちの方でも、見張りをつけているというではないか。それに、おれもこのまま黙っておらぬ。まあ、まかせておけ。まかせられぬというなら、いまのうちだ。手つけにもらった五十両を返し、おれは手を引いてもよい」

「何を申される。そのようなことをいっているのではありませんん」

「それなら、だまっておれ」

「は……ともかく、私は、安心をしています。十年前に行方知れずとなった従兄上が、突然、片桐様御屋敷へ、私を訪ねて見えたときには、おどろきもしましたが……これは、従兄上におたのみしたら、と、そうおもいました。従兄上ならば、小杉十五郎を、かならず斬って殪《たお》し、われらが殿様や、松平様の御無念をはらしてくれる……そうおもいました。私は、従兄上の剣の冴えを、少年《こども》ごころにも、よく、おぼえています」

いいつつ、林平吾は顔に血をのぼせ、ひたむきに熱情をこめ、

「すばらしい腕前だ、従兄上は……」

「その剣術のおかげで、おれは、五人も斬って、江戸をはなれた」

「はあ……」

「おれの場合も、小杉十五郎と同じことらしい。市ヶ谷の、大崎伝左衛門《おおさきでんざえもん》先生が亡《な》くなられ、先生の御遺言によって、おれが道場の跡《あと》をつぐことになったとき、それを妬《ねた》み、怨んだ同門の剣士たちが、おれを襲った……」

「はあ……」

「おれは、彼らを斬った……そして、そのために、江戸から逃げた……」

「さようでした」

「すでに、父も母も亡く、おれ一人のことゆえ、二千五百石の旗本・間部主殿介《まなべとのものすけ》様の家来という身分を捨てれば、それですむことだったが……」

「あれから十年。いったい従兄上は、何処で、どうしておられたのです?」

「………」

「従兄上。ぜひとも、うかがいたい」

「いうてもはじまらぬことよ。聞いてもらうほどのことでもない。それよりも平吾」

「はい……?」

「いまのおれには、小杉十五郎を斬って捨てれば、合わせて百両の礼金がもらえる。そのためには、きっと、十五郎を斬る。安心しているがよい」

「むろんのことです。私は、安心をしています」

「まかせておけい」

「はい」

「酒を熱くしてたのむ」

「従兄上は、ゆるりとしていて下さい。私は、御屋敷へもどり、殿様や御用人を安心させてやりたいとおもいます」

「そうか、よし」

林平吾が座敷を出て行ったあと、林又右衛門は冷えた酒を口にふくみ、秋時雨の音に、凝《じっ》と聴き入っている。

やがて、雨音が、はたと絶えた。

そのとき、熱い酒を盆に乗せ、座敷へ入って来た者がいる。

それは、吉野屋の座敷女中ではなかった。

吉野屋の主人《あるじ》、久蔵《きゅうぞう》が、みずから、酒を運んで来たのである。

「いったい、どういうわけだね？」

と、久蔵が又右衛門に、

「林さんは、なぜ、片桐様を知っているのだ？」

「酒を、置け」

「いったい、何をたくらんでいるのだ？」

「お前には、関わり合いのないことだ」

「な、なんだと……」

「お前は、だまって、おれに五百両よこせばよいのだ。いつ、くれる？」

「じょ、冗談を……」

「冗談ではないと、前にも申したはずだ。五百両、耳をそろえてよこさぬと、おのれが、七年前までは、どのような稼業をしていたか……そのことを町奉行所なり盗賊改《とうぞくあらた》メへなり、告げてやってもよいのだ」

「そんなことをして見ろ。お前さんだって……」

「証拠は、いくらもある。何しろ、むかしは、おのれと共に諸国を股《また》にかけ、何度も盗みをはたらいたおれだからのう」

「う……」

「早くよこせ、五百両を……いつ、よこす」

「そういわれても、いま、すぐには……」

「半月、待ってやろう。いいな？」

「む……」

「お前の持家《もちいえ》は、住み心地がよい。礼をいうぞ」

「…………」

「おれを、見くびるなよ。よいか、わかっていような」

「……わ、わかっている……」

「帰る」

林又右衛門が、ふわりと立ちあがり、舌の先でちろりと唇を舐《な》め、

「それにしても、身代《しんだい》が、かたむきかけた吉野屋を買い取り、若い女房をもらって商売繁昌とは、極悪無残《ごくあくむざん》の盗賊・浅羽《あさば》の久蔵が、よくも成りすましたものよ」

うなだれた吉野屋久蔵を尻目に、林又右衛門は座敷を出て行った。

久蔵の口がわななき、手も躰もふるえている。

どれほど、たったろう。

久蔵の若い女房・お園の甘い声が、廊下から聞こえた。

「旦那……旦那。品川の、玉屋七兵衛さんが、お見えになりました」

あわてて、久蔵が立ちあがり、

「そうかえ。離れへお通しして、とりあえず、御酒《ごしゅ》をさしあげておくれ」

と、いった。

四

藤枝梅安は、頭巾をかぶった林又右衛門が吉野屋から出て行くのを、采女《うねめ》ヶ原につづく空地の材木置場の蔭から見送っていた。

このあたりは、近くの木挽町五丁目に歌舞伎芝居の森田座があり、人通りも多い。

舞台の囃子《はやし》の音が、風に乗って聞こえてくることもあった。

時雨《しぐれ》が通りすぎたあと、いつもよりは濃い夕闇が下りてきて、町を、道を、歩む人びとを包んだ。

梅安と彦次郎は、今日の昼下りに鈴木町界隈《かいわい》をぶらぶらと歩きながら、目ざす林又右衛門の隠宅の様子を探《さぐ》った。

いずれにせよ、当の又右衛門が小杉十五郎を、

「つけ狙《ねら》っているらしい……」

と、知ったからには、梅安も、

(捨ててはおけぬ……)

気もちに駆られたのであろう。

だが、その林又右衛門の一命を密《ひそ》かに消してしまおうとしているものがいて、品川の顔役・玉屋七兵衛に又右衛門仕掛けの事を依頼したとなると、梅安としては尚更《なおさら》に、知らぬ顔をしてはいられない。

梅安と彦次郎は、又右衛門宅の周辺をしらべたのち、袋町新道の鰻屋・伊勢屋の二階座敷へあがり、酒をのみ、おそい中食《ちゆうじき》をしたためた。その座敷の小窓から、又右衛門宅へ通じる路地が見下ろせた。

すると、吉野屋の若い者が又右衛門宅へ入って行き、すぐに帰って行った。

それから間もなく、頭巾姿の又右衛門が出て来た。

「あれか？」

「さて、おれはまだ、見たことがねえから……」

「この路地の突き当りは又右衛門の家だけだよ、彦さん。おそらく、間ちがいはない」

二人は、すぐに勘定をすませ、外へ出て、又右衛門を尾行し、彼が吉野屋へ入るのをたしかめた。

日暮れには間があり、人通りも多く、尾行にはうってつけであった。

京橋川に懸《か》かる中ノ橋をわたり、三十間堀《さんじつけんぼり》の裏河岸をすすみ、三原橋《みはらばし》を南へわたって木挽町へ入った林又右衛門の、ゆったりとした歩みぶりを凝《じつ》と見まもりつつ、

「彦さん。こいつはどうも……」

と、藤枝梅安が沈んだ声で、

「かなり、手強《てごわ》い相手のようだな」

「うむ……おれも、そうおもっていたよ、梅安さん」

「小杉十五郎さんと、まともに斬り合ったら、どちらが勝つか、な……」

「さて……ちょいと……ちょいと、小杉さんのほうが危《あぶ》ねえのではないかね」

「私も、そうおもう」

さすがに二人とも、常人とは異なる目をもっている。

又右衛門が吉野屋へ入ってのち、材木置場の蔭で、二人はしばらく見張っていたが、

「彦さん。今日は、これくらいにしておこう」

梅安が、そういったとき、片桐家の用人・三宅五兵衛と松平宗之助が吉野屋から出て来た。

二人は、吉野屋の前で、右と左に別れたのだが、そのとき、松平宗之助が三宅用人に、

「では、片桐主税助様へ、よろしゅう……」

挨拶《あいさつ》をした声が梅安と彦次郎に、はっきりと聞こえた。

梅安と彦次郎は、顔を見合わせた。

片桐主税助の次男・謙之助が同門の剣士たちと小杉十五郎を襲い、かえって十五郎に斬られたことは、梅安も彦次郎もよくわきまえている。

「念のために、たしかめて来る」

こういって、彦次郎は三宅用人の後をつけて行った。

それから間もなく、林平吾が出て来て去った。これは梅安も見逃している。吉野屋へ出入りをする客は多い。

(とにかく、彦さんがもどるまで、待っていよう)

通りすぎた時雨に、羽織も濡れていたが、梅安は物蔭からうごかず、材木と材木の間から吉野屋を注視していた。

彦次郎は、すぐに駆けもどって来た。

「やっぱり、そうだ。木挽町四丁目の片桐屋敷へ入って行きやあがったよ、梅安さん」

あとから、片桐屋敷へもどった林平吾とは、おそらく彦次郎、途中ですれ違ったのであろう。

「これでわかった。小杉さんを殺すために、片桐や松平の旗本どもが、林又右衛門を雇ったのだろうよ」

「へっ。天下の旗本が、浪人の小杉さんひとりをもてあましているざまは、見てはいられねえや」

と、そのときだ。

町駕籠《まちかご》が一挺《いっちょう》、吉野屋の前へとまり、中からあらわれた老人を見て、彦次郎が、

「あっ……」

「どうした？」

「いま、駕籠から出て、吉野屋へ入って行った……」

「ふむ、あれが？」

「玉屋七兵衛だよ、品川の……」

「なんだと……」

「こいつはおどろいたな、梅安さん」

「よくよく考えて見よう」

「又右衛門の仕掛けを、おれにたのんだ玉屋が、ここへ来るとはねえ」

「よし、今日はこれまでだ。すこし、くたびれたよ、彦さん。金杉《かなすぎ》の駕籠屋へ行き、乗って帰ろう」

二人は、品川台町の通りを南へ下った〔雉子《きじ》の宮《みや》〕の社《やしろ》の前で町駕籠を下りた。

梅安の家は、雉子の宮の鳥居前の、小川をへだてた南側の木立の中に在る。

月も星もない暗夜《あんや》だが、ここまで来れば目を瞑《つむ》っても、我家の前へ立つことができる梅安であった。

家の前まで来て、突然、梅安が立ちどまった。

「どうしなすった?」

「叱《し》っ」

「え……?」

「中に、人がいるらしい」

六尺に近い大きな躰の梅安の、張り出した額《ひたい》の下の小さな両眼がするどく光っているのを、彦次郎は感じとることができた。

梅安の家には、灯《あか》りも入っていない。

暗く、しずまり返った家の中に、だれかがひっそりと、

(私を待ち受けている……)

と、梅安はいっているのだ。

彦次郎の右手が、ふところにのんでいる匕首《あいくち》の柄《つか》をにぎりしめ、梅安の右手も、衿《えり》の上前《うわまえ》の裏へ縫いつけた針鞘《はりざや》の中の、長さ三寸余の仕掛針《しかけばり》をまさぐった。

五

梅安は、今日の昼前に、あれからずっと泊りつづけている彦次郎と家を出た。

そのあとで、手つだいに来ているおせき婆さんが戸締りをし、帰ったはずだ。

表の戸や窓は内側から戸締りをし、外へ出てから裏口の戸の下方に仕掛けてある桟《さん》を塡《は》めこむ。この仕掛けは外見《そとみ》にわからぬような工夫がなされているから、だれもいない梅安宅へ入るには戸を破らねばならない。

だが、裏表の戸や窓は破られていない。

裏手へまわった梅安が、彦次郎に戸の仕掛けが外れていることを目顔《めがお》で知らせた。

おせき婆が、中にいるのだろうか……。

それならば灯りがついているはずだ。

(いいか、彦さん……)

(いいとも)

二人は目と目を見かわした。

梅安が左手で、しずかに戸を開けてゆく。彦次郎は戸の正面に身を屈《かが》めた。

戸が開いて、真暗な台所の土間が目の前にあらわれた。

たしかに、屋内の闇がゆれうごく気配がした。

梅安はするりと台所へ入り、右手の仕掛針を口にくわえ、土間に立てかけてあった心張棒《しんばりぼう》をつかんだ。

彦次郎は、すでに匕首《あいくち》を引き抜いている。

そのときであった。

「お帰り」

闇の中から声がした。

「な、なあんだ」

と、彦次郎が、がっかりしたように笑い出した。

その声、まぎれもなく小杉十五郎のものだったからである。

十五郎ならば、裏の戸の仕掛けを知っているはずだ。

「小杉さん。なんでまた、灯も入れずにいなすった？」

「彦次郎さん。転寝《うたたね》をしているうち、いつの間にか夜になっていたのだ」

灯がついた。

「これはどうも、おあつらえのように、よく出て来なすった。ねえ、梅安さん」

「まったく……」

うなずいた藤枝梅安が、

「彦さん、酒の仕度をたのむ」

「ようござんす」

「梅安殿。まことにもって、無沙汰《ぶさた》を……」

「なんの……それよりも小杉さん。一昨日《おととい》の昼下りに、彦さんがあんたを見かけたことを知ておいでか？」

「一昨日……何処《どこ》で？」

「彦さんは、札の辻の蕎麦屋にいて、外を通るあんたを見かけたそうな」

「あ……あのとき……」

「人が後をつけていましたとね」

「さよう」

それから彦次郎も加わり、酒をのみながら、今日までの顚末《てんまつ》を十五郎へ語った。

「それは、まことに、御造作《ぞうさ》をかけた。申しわけない」

深ぶかと、二人へあたまをたれたが、十五郎の顔色はすこしも変らぬ。

「ですが、小杉さん。やつらは、どうしてお前さんを見つけ出したのでしょうね？」

「ふむ……しかとはわからぬが、私も迂闊《うかつ》だったようだ」

十五郎が語るところによると、あのときは、下谷・坂本三丁目の〔鮒宗《ふなそう》〕からの帰り途《みち》だったそうな。

〔鮒宗〕は、蜆汁《しじみじる》と泥鰌《どじょう》が売りものの飯屋（兼）居酒屋であって、小杉十五郎が以前、三ノ輪《みわ》の茅屋《ぼうおく》に住んでいたころからの、なじみの店で、亭主の宗六《そうろく》とも親しい。

去年、牛堀道場相続一件の紛擾《ふんじょう》から同門の片桐謙之助と松平新次郎を斬って、江戸を脱出した際にも、十五郎はひそかに鮒宗の宗六をおとずれ、三ノ輪の家から父親の位牌《いはい》を、

「持って来て、あずかっておいてくれ」

と、たのんでいる。

実は、その父の位牌を引き取るため、十五郎は五日前に〔鮒宗〕へおもむき、それから一昨日まで、鮒宗の二階に滞留していたのだ。

「なるほど、それでわかった」

彦次郎が梅安と共に、うなずいた。

「あいつらは、きっと、鮒宗に目をつけていたに相違ねえ」

「だが、小杉さんが江戸へもどっていることを、やつどもは、よく知っていたものだ」

「ふむ……そういわれると、こいつは妙だが……」

十五郎が、

「私も、江戸へもどってから、めったには出歩かぬが……しかし、どこかで、だれか、やつどもの一人に顔を見られていたのだろうか……」

と、つぶやいた。

もし、そうならば、片桐・松平両家のものや、十五郎を憎む旧牛堀道場の門人の一部のものが、三ノ輪の十五郎旧宅と〔鮒宗〕に目をつけ、この前のとき同様に、どこからか、ひそかに見張りをつづけていたのやも知れぬ。

いずれにしても十五郎は、自分が江戸へ舞いもどったことを、彼らに気づかれていないと、おもいこんでいた。

「それが、迂闊《うかつ》だった……」

のである。

「だから小杉さん。この梅安さんのところにいたほうがよかったのさ」

「しかし、それでは、梅安どのに迷惑がかかる」

「いずれにせよ……」

梅安がにんまりとして、

「私は彦さんの仕掛けを手つだって、小杉さんをつけ狙っているらしい林又右衛門を、あの世へ送りこまねばならぬ。見たところ、まことに手強《てごわ》い相手だが、やってやれぬこともあるまい。ま、そっちのほうは私たちで片づけようが……片桐・松平の旗本どもの恨みは、あなたの身ひとつにふりかかって来る。これを、どのように始末するおつもりか？」

十五郎が、

「それは……」

いいかけるのを、横合いから彦次郎が引き淩《さら》うようにして、

「振りかかった火の粉《こ》は、打ち払《はら》わざあなるめえね」

と、いった。

十五郎は、苦笑をうかべた。かすかに、うなずいたようにも見える。

「てっ……」

と、彦次郎が舌打ちをし、吐き捨てるようにいった。

「おれは、下総《しもうさ》・松戸《まつど》の在《ざい》の、粟飯《あわめし》もろくに食えねえ水のみ百姓の家に生まれ、母親《おふくろ》が、食うに困るので、おれを孕《はら》んだとき、水にながそうと何度おもったか知れねえと、おれに向ってそういったことがある。それからまあ、いろんなことがあったが……詰まるところは仕掛人になり下り、こんな暮しをしているけれども、何千石か知らねえが大身の旗本の、することなすことが気に入らねえ。てめえたちのせがれどもが、こういっちゃあなんだが、小杉さんのような浪人に斬り殺されたというのなら、父親も兄弟どもも、また家来たちも、正々堂々と押し出して来たらいいじゃあねえか。

それを……それを、だ。せがれどもを殺された怒りや恨みよりも、てめえの身代《しんだい》が大事なのだよ、あいつらは……小杉さんやおれたちに、さんざんな目にあっていることが将軍や公儀の耳へ入ったら最後、なんというだらしのないやつどもだ。それでも天下《てんが》の旗本か、と、叱りつけられ睨《にら》まれるのが怖《こわ》さに、あの、林又右衛門なぞという得体《えたい》の知れねえ奴を金で雇い、人知れず小杉さんを殺《や》ってしまおうという……いやどうも、汚ねえの汚なくねえの、はなしにも何もなりゃあしねえ。本当の侍というものは、そんなものじゃあなかったはずだ。ちがうかね、梅安さん」

六

それから四日後に……。

彦次郎は、塩入土手下の我家へ帰った。

この四日間に、藤枝梅安と彦次郎は交替で家を出て行き、何かしているようであった。

十五郎は、梅安宅から一歩も出ない。

彦次郎が家へもどったのは、着替えやら、ほかに、いろいろと梅安宅へ持ち運ぶ物があったからだ。

裏の戸を開けると、また、土間に結び文が落ちていた。

それは、品川の玉屋七兵衛が書いた結び文であった。

いそぎ、品川へおこし下さるべく候

とある。

彦次郎は、仕度をととのえ、これを梅安宅へ運んでから、品川へ出かけて行った。

梅安は鍼《はり》の治療に患家をまわってい、小杉十五郎がぽつねんと留守居をしていた。

「すぐにもどると、梅安さんにいっておいて下さい」

彦次郎は十五郎へ、そういいおいて、品川へ向った。

玉屋七兵衛は、彦次郎を奥座敷へ迎え入れ、

「まだ先のことだとはおもっていたが、とにかく、間に合ってよかった、よかった」

「いったい、どういうことなので？」

「彦さん。ま、聞いておくれ」

七兵衛は、媚《こ》びたような笑いをうかべ、彦次郎の盃へ酌をした。

「……？」

その酒をのみながら、これまでは或る程度の畏怖《いふ》感をおぼえていた玉屋七兵衛が、

（妙に、安手《やすで》な……）

男に見えた。

「お前さんほどの仕掛人に、この玉屋七兵衛ともあろう者が、こんなたのみをするのは、まったく辛《つら》いのだがね」

「へえ……？」

「先日の仕掛けのことだ。もう、下準備《したごしらえ》にかかっているのだろうね？」

「ま、ぼつぼつでございますがね」

「どうだね、それで……？」

「なかなか、手強《てごわ》そうな相手でございますねえ」

「見込みは？」

「親方。いったん、私におたのみなすったのでございましょう。それなら、まかせておいて下さいまし」

「ところが彦さん。この仕掛けはなかったことにしてもらいたいのだ」

「何でございますって……」

「わかっている、わかっているとも。退《の》き引きならぬ人ひとりの命に関《かか》わることを、こっちの勝手で、たのんだり取りやめにしたり、そんなのは、わしたちの世界でゆるされることではない。それはよくわかっている。わかっている上で、たのむのだ。この間、お前さんにわたした半金の五十両は、返してもらわずともよい。だから、このまま、なかったことにしてもらいたいのだ。どうだろうね、彦さん……」

彦次郎は、盃を置いた手で、腰から煙草入れをぬき取り、

「こいつはどうも、親方のお言葉ともおもえません」

きびしい視線を玉屋七兵衛へ射つけながら、彦次郎が、

「それでは何でございますか。あの林又右衛門という浪人は、親方がおっしゃったような、極悪非道《ごくあくひどう》な奴ではなかったというので？」

「む……まあ……」

「そんな、あやふやなことで、人の命を仕掛けられると、おもっていなすったのでございますかえ?」

「う……」

玉屋七兵衛が、実に嫌《いや》な顔をした。

たとえ、秘密の取引きにせよ、仕掛人の彦次郎へ、このような失態を見せ、おのれを殺してまで、下手《したて》にたのみこむ屈辱で七兵衛の老顔は蒼《あお》ざめている。

彦次郎は、うまそうに煙草のけむりを吐き出し、かすかに笑った……ようである。

七兵衛が上眼《うわめ》づかいに、じろりと彦次郎を睨んだ。

「よろしゅうございます」

と、彦次郎がいった。

「え……では、承知をしてくれるか?」

「はい」

きっぱりと、うなずいて、

「そのかわり親方。これで、これまでの親方への義理はなくなったことにして下さいまし」

「あ……いいともね」

玉屋七兵衛は、小判十枚を紙へ包み、彦次郎の前に置き、

「これは、私の気もちだ。受けておくれ」

「さようですか、では……」

あっさりと、金包みをふところにした彦次郎が、

「それでは、もう、これで二度と、お目にかかりません。そのつもりでいて下さいまし」

「あ……わかっている」

彦次郎が去った後も、玉屋七兵衛は奥座敷からうごかず、腕組みをし、顔を顰《しか》め、沈思《ちんし》している。

境の襖《ふすま》が開き、女房のお才《さい》が入って来た。

背丈《せたけ》の高い、骨張った躰つきの四十女で、あさぐろい細面《ほそおもて》が、まるで男のようにきびしい表情をたたえている。

「親方。ずいぶんと沽券《こけん》を下げなすったね」

「む……」

「彦次郎を、あのままにしておくつもりですかえ?」

「このわしが、あのままにしておくとおもっているのか」

「それならようござんす」

「すぐというわけには行くまいが……きっと片はつける」

「それにしても親方。吉野屋の旦那は、どうして急に、林又右衛門の仕掛けを取りやめにしてくれと、いい出したのだろう?」

「さて、な……」

「親方は知っていなさるのだろう。いいえ、そうにちがいない」

七兵衛は、苦《にが》にがしげに、

「お才。すぐに駕籠をよんでくれ」

と、いった。

七

そのころ、藤枝梅安が、浅草・橋場の料亭〔井筒《いづつ》〕へあらわれた。

「あれ、まあ……先生。いったい、どうなすったので？」

出迎えた座敷女中のおもんが、おどろきの声をあげた。

他の女中たちも、瞠目《どうもく》していた。

菅笠《すげがさ》をかぶった梅安は、めずらしく裾をからげ、草鞋《わらじ》ばきの姿で、それはよいとしても、馬を一頭ひいて来たのである。

「ああ、くたびれた。とにかく一休みだ。ついでに泊って行くかな。この馬は裏へつないでおけばよいし……」

「この馬を、どうなさるので？」

「千住《せんじゅ》へ行って、買って来たのだ」

「まあ……」

「こいつ、年を老《と》った馬でなあ。もう、つかいものにならぬというので、売ってくれた。なに、私が乗るぶんには、まだ大丈夫だろうよ」

「ほんとうに？」

「むかし、京都にいたころ、私の鍼《はり》の師匠が馬を飼っていてな。それで、あつかいも馴れたものさ。ほれ、背中に飼葉《かいば》も積んで来た」

栗毛《くりげ》の、おとなしそうな馬である。

梅安は、やさしく馬の鼻面《はなづら》を撫《な》でてやりながら、裏手へまわって行った。

おだやかに晴れわたった晩秋の午後で、汗ばむほどのあたたかさであった。

「彦さんが、ここへ来るかも知れない。そのつもりでいておくれ」

「はい」

「おもん。湯へ入れるかな？」

「すぐに、仕度を……」

「たのむ」

と、いいながら梅安が、おもんを抱き寄せた。

いつもの離れ屋の中であった。

「ああ……先生……」

おもんは、みっしりと肉の充《み》ちた浅ぐろい肌身をもむようにし、双腕《もろうで》で梅安のくびすじを巻きしめ、

「久しぶり……」

あえいでいた。

「久しぶりにも、馴れなくてはいけない」

「いじわるな……」

おもんの着物の八口《やつくち》から、梅安が手をさしこみ、重い乳房をゆっくりともみはじめた。

「ああ、先生。いまから、そんな……」

「私だって、久しぶりなのだ」

「ああ、だめ……だめですったら……」

「お湯は後にしよう」

そのまま、抱き倒し、梅安の大きな躰の下で、おもんがすすり泣きをはじめた。

「もうすこし、しずかにおし」

「だって……」

「ちかごろ、子供に会いに行ってやっているかね？」

「ええ……」

「また、肥《こ》えたな。ほれ、ここのところだ」

「ああ、いやな……もう……」

「すぐだ。すぐにすむ。夜がふけてからは、ゆっくりと、な……」

「せ、先生……」

「今夜は、うまいものを、たっぷりと食べさせてもらわなくては、な……」

「だまって、先生……」

「む……」

「口をきいちゃあ、いやでござんす」

「私の躰に、馬のにおいがついてはいないか?」

「だ、だまって……だまってというのに……」


夜に入って、彦次郎が井筒へあらわれたとき、梅安は、ひとりで酒をのんでいた。

今夜は、井筒の座敷が、みな、ふさがっている。おもんもいそがしいらしい。

「ここも、繁昌《はんじょう》しているね、梅安さん」

「亭主に儲《もう》ける気がない。その日その日が送れればよいというやり方で、儲けは仕込みと雇っている者たちへつぎこんでしまう。そうなると客がつくのは道理というものさ」

「ちげえねえが、なかなかにできねえことだ。ところで梅安さん。馬は手に入りましたか

「え？」

「入った」

「そいつは、よかった」

「そっちのほうは？」

「ま、聞いておくんなさい」

彦次郎が、品川の玉屋でのいきさつを語ると、

「ほう、仕掛けを取りやめろとな。それは妙なはなしだ」

「ともかく、上辺《うわべ》だけは承知をしておいたがね。玉屋も、うたぐってはいねえよ、梅安さん」

「それでよい」

「玉屋は、それから木挽町の吉野屋へ行ったよ。すぐに出て来て、品川へ帰って行ったらしいが、蔭で見送り、そのまま、こっちへ……」

「御苦労だったね、彦さん」

「あ、ついでに、時刻が時刻なもので、林又右衛門に念を入れておきましたよ」

「やはり、夕飯を、あそこへ食べに行ったかね？」

「そのとおり。判《はん》で押したように、ね」

「そうか、よし」

「今日はね。ほれ、小杉さんの後をつけていた二人もいっしょでね」

「その二人、小杉さんの居所《いどころ》を探しているのだろうな」

「わかりっこはねえ。ふ、ふふ……」

「鮒宗の亭主にも、念を入れておいたろうな、彦さん」

「念にはおよばねえ。だが今度は、やつらがどこで見張っているのか、見当がつかねえと、鮒宗ではいっていたがね」

「面倒なことは、もうやめることにしよう」

「明日、やるかね、梅安さん……」

「うむ……」

「馬は、ここに？」

「裏へつないである」

「お泊りなさるのかね、今夜は……」

「そのつもりだ」

「馬は、おれの家へでも……」

「いや、塩入土手の家へ帰ってはあぶない。玉屋だって、もう、お前さんを邪魔にしているだろう」

「なるほど……そうかも、知れねえな」

「彦さんも今夜は、ここへお泊り。明日の朝、私の家へ帰ろう」

「小杉さんを、ひとりにしておいて、いいかね？」

「あの人は、ひとりでいることに馴れている」

「それもそうだ」

「だが、彦さん……」

「え？」

「明日の相手は、林又右衛門だ。ひょっとすると、こっちも年貢をおさめることになるかも知れないよ」

「それもいいだろう」

と、彦次郎が、暗い眼の色になり、

「そのときを、待っているようなところもあるのだ、おれは……」

「いずれにしても、私たちのように、他人《ひと》の血を……」

「だからさ。いつでもいいのだよ。梅安さん。早いか遅いか、だ」

「そうだな……」

「そのつもりで、明日はやっつけよう」

「二人の呼吸が、毛筋ほどでも狂ったら、仕損《しそん》じるぞ」

「わかった」

「ま、湯へ入る前に、裏へ行って馬を見せよう。彦さんも、あの馬に馴れておいてもらわぬといけない」

八

翌朝。

まだ暗いうちに、藤枝梅安と彦次郎は〔井筒〕を出て、品川台町の梅安宅へもどって行った。

起きて見ると、雨になっていた。

霧のようにふりけむる、その雨の中を、二人は栗毛の老馬をひき、おもんに見送られて去った。

「梅安さん。おもんさんが妙な顔をしていたねえ」

「寒いね。彦さん。まるで冬だ」

「女の勘《かん》ばたらきは、また別ものだからね。もしやするとおもんさん、今朝のおれたちを見て……ことに梅安さんの顔を見て、何か妙なものに気づいたのではねえだろうか……」

「すこし、急ごう」

「うむ……何しろ、今度の相手が相手だからねえ」

「うふ……おもんに気取られるようでは、藤枝梅安の仕掛けも、まだまだ半人前というところか……」

家へ帰ってみると、小杉十五郎の姿はなく、置手紙が梅安の机の上に乗せられてあった。

いささか用事あって、いまの棲家《すみか》へもどり、二日、三日のちには帰り申すべく。

十五

梅安どの

と、ある。

「帰り申すべく、が、いいな。小杉さんも、ここへ住みつくつもりらしい」

彦次郎がそういった。

「いまの棲家とは、どこだろう？」

「そうだ。そいつをまだ、訊《き》いていなかったっけ」

「いささかの用事とは？」

「女でも、出来たのじゃねえだろうか」

「ふむ……」

梅安は、ちょっと考えこむ様子を見せたが、すぐに、何も彼も余計なことのすべてを打ち

払うような烈しさでかぶりを振り、

「さて、彦さん。念を入れて仕度にかかろうかね」

と、いったものである。

おせき婆さんがやって来たのは、五ツ（午前八時）ごろだったろう。

おせきが台所の土間へ入って来て、

「先生よ。お目ざめですかよう」

声をかけると、居間で彦次郎と何かしているらしい梅安が、

「婆さん、今日は休んでくれ。取り込みごとがあるのだ」

「あれまあ、掃除《そうじ》ぐれえさしてもらいたいよう、先生。それによ、裏につないである馬は何だね？」

「なんでもよい。早く、お帰り」

しずかな声だったが、おせきに二の句をつがせぬきびしさがこもっていて、

「あれ、そうかよう」

おせき婆さんは、叱られたとおもったらしく、そのまま、しょんぼりと帰って行った。

それから間もなく、雨が熄《や》んだ。

冷めたい風が吹きはじめ、落葉が音をたてて、梅安の居間の障子に打ち当った。

ちょうど、そのころ……。

品川台町の梅安宅を出た小杉十五郎は、神田川に沿った左衛門河岸《さえもんがし》へさしかかっている。

梅安と彦次郎の帰宅が、いますこし早かったら、十五郎が家を出る前に会えたろう。

ほんの一足ちがいであった。

だが、もし会えたとしても、梅安と彦次郎は、この朝の十五郎の外出《そとで》をとどめることはできなかったろう。

十五郎は何気なく、置手紙にしたためたとおりのことをいい、

「決して、危《あぶ》ない橋はわたらぬ。これは、ほんのつまらぬ私事《わたくしごと》なのだから、……」

と、家を出てしまったにちがいない。

(決着をつけよう)

十五郎は、ついに、肚《はら》を決めたのであった。

左衛門河岸から、元鳥越の牛堀九万之助道場は程近い。

十五郎が牛堀道場へ向いつつあることを知ったら、藤枝梅安は何とおもうだろうか……。

いま、牛堀道場は、師の九万之助亡《な》きあとの紛擾《ふんじょう》があって、主《あるじ》も決まらぬままに、九万之助が師弟の礼をとったほどの金子孫十郎信高《のぶたか》(湯島五丁目の大道場主)があずかり、旧牛堀門人のうちの酒井俊五郎《さかいしゅんごろう》を中心にして、毎日の稽古がつづけられている。

俊五郎は三十一歳。湯島天神下に屋敷を構える千石の旗本・酒井右近長泰《うこんながやす》の長男で、まだ家督《かとく》前だが妻子もあり、温厚な人物であった。

亡き牛堀九万之助の遺言どおり、一介の浪人剣客・小杉十五郎が道場の後をつぐことができなくなり、十五郎は同門の片桐・松平ほか数名を斬って逃亡したので、金子孫十郎は、

(しばらく様子を見て、道場の気配が落ちついたなら、酒井俊五郎に後をつがせてもよいのではないか……)

と、おもいはじめている。

俊五郎は、十五郎事件の折も、

「牛堀先生の御遺志にそむいてはならぬ」

と、いい、片桐・松平両派の門人たちが十五郎を排斥《はいせき》することに、眉をひそめていた。

だが、なにぶんにも表へ立つことをせぬおだやかな人柄だし、道場の主導権をもつようなことに心を喫《そそ》られない。いま、彼が道場の指導者となっているのも、江戸屈指《くっし》の大道場をもつ金子孫十郎の庇護《ひご》があるからだし、だからといって、野心はすこしもない。

このような酒井俊五郎だから、新しい門人も増え、あの事件以来、道場へ顔を見せなくなった者は別として、牛堀道場は、衰微《すいび》の様子が見えなかった。

むろん、片桐・松平派の門人たちも稽古に来ている。これは何といっても、道場の後楯《うしろだて》に、金子孫十郎がついているからであろう。

酒井俊五郎は、牛堀門下・十人の高弟の中で、もっとも技倆《ぎりょう》は劣る。

小杉十五郎に斬られた片桐謙之助や松平新次郎と立ち合って、三本に一本、勝《と》れるか、と

れないかであった。

そのかわりに、教え方がうまい。

若い門人などは、だから俊五郎の人柄を慕《した》って、はなれないのである。

ところで……。

この朝。

一年ぶりで、小杉十五郎が牛堀道場を訪れようとする意図は何なのか。

十五郎は、片桐・松平派の門人に、

(おれが面《つら》を見せてくれよう)

と、おもっている。

そうすれば、おどろいた彼らのうちのだれかが、片桐・松平両家へ、

「いま、小杉十五郎が道場へ見えています」

と、告げに走るにちがいない。

そうなると、梅安・彦次郎から聞いた林又右衛門なる刺客《しかく》もあらわれようし、両家からも人を出し、自分を討ち取ろうとするであろう。

そこで、十五郎は、

(決着をつけよう)

と、いうのである。

むろん、生きて勝ち残れるとはおもえぬ。

渾身《こんしん》のちからをつくして闘い、斬死《きりじに》をする覚悟であった。

さて……。

左衛門河岸から平右衛門町へ出た小杉十五郎は、浜名屋《はまなや》という船宿へ入って行った。

浜名屋は、生前の牛堀九万之助の供をして、二、三度、来たことがあった。

この船宿は、釣舟《つりぶね》を出すので、朝から湯がわいてい、いつでも入浴ができる。

十五郎は、二階の小座敷へあがり、小判一両を出し、

「すまぬが、下帯と肌着の新しいのを急いでたのむ。それから湯へ入り、飯を食べさせてもらいたい」

と、いった。

小柄な十五郎の、親しみぶかい態度に、中年の女中は好意をもったらしい。

「はい、すぐに……」

心得て去るのを見送り、十五郎は、亡師・牛堀九万之助からゆずられた越前守信吉《えちぜんのかみのぶよし》二尺二寸二分の銘刀《めいとう》を抜きはなち、凝《じっ》と見つめた。

九

同じころ、木挽町三丁目の料理茶屋・吉野屋では……。

いつものように、昼からの客を迎えるための仕度で、板場を中心に男も女も火がついたようにはたらいている。

奥の居間で、主人《あるじ》の久蔵が女房・お園《その》と額《ひたい》をつき合わせるようにして、何やらささやき合っていた。

吉野屋久蔵は四十七歳。でっぷりとした体格の、いかにも精力的な風貌《ふうぼう》のもちぬしだが、六年前に、この吉野屋の先代・喜兵衛《きへえ》の借財を肩替りし、主人におさまり、喜兵衛のむすめで二十余も年下のお園を女房にしてからは、

「まるで、人相《にんそう》が変ってしまった……」

とか、

「こんなに、よいお人だとはおもえなかった……」

などと、座敷女中たちがいい合ったものだ。

料理茶屋の経営というものは、外見《そとみ》に繁昌《はんじょう》しているように見えても内実はなかなか苦しいもので、近辺の同業者たちは、

「肩替りをしたというが、長くはつづくまい」

と、看《み》ていた。

それを、六年の間にもり返して、今日の盛業を見るにいたったのは、久蔵の手腕といわねばなるまい。だが、前にのべたごとく、繁昌はしていても、この種の商売の経営はむずかしい。

とても、まだ、金蔵《かねぐら》に、

「金がうなっている……」

というようなわけには、まいらぬ。

どんな事情があるのか、浪人剣客の林又右衛門を自分の持家に住まわせ、しかも、その上に又右衛門から五百両もの大金を強請《ゆす》り取られようとして、吉野屋久蔵はおもいあぐねた結果、旧知の、品川の玉屋七兵衛へたのみ、林又右衛門を暗殺しようとはかった。

それを、三日前の夜になって、突然、久蔵が、

「又右衛門の仕掛けを取りやめにしてもらいたい」

と、玉屋七兵衛へ告げたのである。

このいきさつについて、吉野屋の者たちは何一つ知っていない。

女房・お園も知らぬ。

いま、お園は懸命に泣き声をおさえつつ、低い声で、久蔵を責めている。

女ざかりのお園の女房ぶりは、客の間でも評判であった。

亡父・喜兵衛の借財を肩替りしてくれた久蔵に達《たっ》てとたのまれ、女房になるときは、いやいやながらだったというが、ひとりむすめで今年五歳になるお梅が生まれてからは夫婦仲もよく、そこは料理茶屋に生まれ育っただけに、いざとなると、

「血はあらそわれぬ……」

ほどに、万事を取りしきって、

「吉野屋は内儀でもっている……」

という人もあるほどだ。

ところで、三日前の昼すぎのことだが……。

夫婦が、目に入れても痛まぬほどに可愛がっているお梅が、愛宕山権現《あたごやまごんげん》の境内で誘拐されてしまったのである。吉野屋夫婦にとって、おもいもかけぬ奇禍《きか》であった。

当日、お梅は、中年の乳母のお崎《さき》と若い女中のお吉につきそわれ、愛宕山へ参詣に出かけた。

あたたかく晴れわたった好日ゆえ、参詣の人出も多く、乳母と女中が、ほんの一瞬、目をはなした隙《すき》に、五歳のお梅の姿が消えてしまった……と、いうのである。

お崎とお吉は半狂乱となって探しまわったが、ついに、見つからぬ。

蒼くなって吉野屋へ駆けもどって来た二人の報告を、主《あるじ》の久蔵夫婦が聞いて驚愕《きょうがく》した。

女房お園は、すぐさま、土地の御用聞き・尾張町《おわりちょう》の藤吉《とうきち》へ人を走らせようとしたが、

「ま、待て」

何をおもったか、久蔵がこれを押しとどめ、

「か、かえって大事にせぬほうがよい」

「な、なんですって、一時も早く町方《まちかた》（町奉行所）へ届け、お梅の行方を……」

「いや、いけない。こういう誘拐《かどわかし》は、いずれにせよ、うちの金が目当なのだ。それを大事《おおごと》にしてしまうと、かえって、お梅のいのちが危い」

「まあ……」

そういわれて見ると、そんな気もする。

とにかく、乳母と女中には口どめをしておき、夫婦が居ても立ってもいられずにいるところへ、ぶらりと林又右衛門が吉野屋へあらわれた。

久蔵が奥座敷で又右衛門と語り合い、もどって来て、女房に、

「い、いま、林先生に相談をして見た」

と、いう。

「そ、それで？」

「林先生が、まかせておけ、と……そう、いって下すった。あのお人は、顔がひろい。いろいろと手段《てだて》があるらしいのだ」

「そ、そうでござんしたか……」

半信半疑のお園も、間もなく、居間へ入って来た林又右衛門が、

「御内儀。まかせておいていただきたい。かならず、数日のうちに見つけ出してさしあげよう」

重おもしく、いかにもたのもしげに受け合ってくれた様子を見ると、どこかに割り切れぬおもいがしても藁《わら》をもつかむ気持ちにならざるを得ない。

「御亭主も申されるごとく、これは大事にしてはならぬ。ここの奉公人たちの耳へも入らぬように……」

と、又右衛門がいった。

そこで、乳母と女中をよびつけ、お梅は、芝の通新町《とおりしんまち》に住むお園の伯父の家へ、

「遊びにやった……」

ことにしたのである。

それから、林又右衛門と吉野屋久蔵が連れ立ち、何処《どこ》かへ出て行った。

久蔵は途中で又右衛門と別れ、町駕籠で品川へ駆けつけ、玉屋七兵衛へ、又右衛門の仕掛けを中止するようにたのんだのだ。

お梅を誘拐したのは、林又右衛門である。

前に、小杉十五郎を尾行していた配下の二人をつかって誘拐させたのだ。

お梅は、何処かに隠されている。

お梅を無事に返すかわりに、

「金五百両を、すぐにもよこせ」

と、又右衛門は久蔵にいった。

久蔵は、このことを女房に打ち明けていない。打ち明けられるわけのものではないのだ。

翌日。差出人不明の手紙が、吉野屋久蔵あてにとどけられた。近くの松村町にある蕎麦屋・利久庵の小僧が、町人ふうの男にたのまれ、手紙をとどけて来たのである。

この手紙は、犯人が金五百両を請求して来たもので、

「これより、三日後に、また連絡をつける。そのときまでに金の用意をしておかぬと、むすめのいのちはないものとおもえ」

およそ、そのような意味の言葉が達筆でしたためられてあった。

久蔵は、この手紙を女房に見せた。これは又右衛門と打ち合わせておいたことである。こうしておかぬと、五百両の金策が不可能であった。盗賊をしていたむかしならば別のことだが、いまの久蔵は吉野屋のあるじだ。内所《ないしょ》は女房と共に取り仕切っている。

それでも、女房に秘密の百五十両を隠しもっていた久蔵は、その金で、玉屋七兵衛に、又右衛門暗殺を依頼したわけであった。

それとは知らぬお園は、いま、五百両の調達《ちょうだつ》に必死である。

当時の五百両という金を、現代の価値感覚で見ると、六千万にも七千万にも相当しよう。これだけの大金が、一流の料亭であっても、すぐに間に合うわけのものではない。

使用人も多く、料理屋としての仕込みにも追われ、そのくせ、客の勘定が日々にきちんと入ってくるわけではない。

お園が掻きあつめた金は二百両ほどであったが、明日中に残る三百両をつくるとなれば、

「この店を担保《かた》にして、どこぞから借りるよりほかに道はない」

のである。

それはさておき、お園も、ようやくに夫・久蔵の態度に不審を感じてきた。

(どうも、おかしい……)

のである。

(林又右衛門というお人と、うちの旦那との間には、どうも何か、隠し事があるらしい。それが、かどわかされたお梅とも、何やら関わり合いがある……?)

ような気がしてならない。

そこでいま、お園は、

「何も彼も、打ち明けて下さい」

と、久蔵を責めているのだ。

いまや久蔵は、口先で女房をだまそうともせぬ。その気力も失せたのであろうか。二日の

間に面変《おもがわ》りしたほどに窶《やつ》れ切って、血の気の引いた火鉢の灰のような顔の色になり、瞑目《めいもく》したまま、お園の声を茫然《ぼうぜん》と聞いているのみであった。

使用人たちも、主人夫婦や乳母に異常を感じ、蔭では、不安になってきている。

いつまでも、隠し切れるものではないのだ。

そのころ……。

鈴木町の林又右衛門宅には、だれもいない。

又右衛門は、昨夜おそく家を出て、何処かへ行ったきり、帰って来ないのである。

四ツ半(午前十一時)になった。

風が、いよいよ強《きつ》くなり、厚い雲の層が吹きはらわれ、うすい日が射しはじめたが、依然《いぜん》、冷えこみがきびしい。

平右衛門町の船宿・浜名屋から、小杉十五郎があらわれた。

湯へ入って身を清め、船宿の女中が急いで縫いあげた肌着をつけ、軽く食事をすませ、ゆっくりとやすんでから、

「いろいろ、面倒をかけたな」

送って出た女中へ、にっこりと笑いかけ、歩み出した。

十五郎は、元鳥越の牛堀道場へ向って行く。

いまごろから午後にかけて、牛堀道場の稽古が、もっとも白熱するときだ。

それを十五郎は、わきまえている。

品川台町の梅安宅では、すべての仕度を終えた藤枝梅安と彦次郎が、わずか二合ほどの酒をのみ、豆腐汁に熱い飯、生卵だけの食事をすませてから雨戸を閉め切り、蒲団を敷きのべて、

「ひとねむりしておこうかね、彦さん」

「うまく、ねむれるかな」

「お前ほどの人でも、そんなことをいうのかえ」

「皮肉をいっちゃあいけねえ」

「ねむれそうだよ、彦さん」

「そうだね。ねむれそうだね、梅安さん」

十

八ツ半（午後三時）になった。

木挽町の片桐主税助、四谷御門外の松平伊織の両旗本屋敷から、家来や小者がつぎつぎに

走り出て、どこかへ駆け去り、また駆けもどって来たりしている。彼らの血相が徒事《ただごと》ではない。

牛堀道場へ、小杉十五郎が突如、あらわれたことを、先ず片桐屋敷へ知らせたのは、道場で稽古を終えた宮口源三郎《みやぐちげんざぶろう》という者である。

宮口は、十五郎に斬られた片桐謙之助の友人だ。

十五郎が道場へ入って来て、門人たちに稽古をつけている酒井俊五郎へ、ていねいに一礼し、無言のまま、片隅へすわって稽古を見物しはじめたので、宮口はびっくりした。

酒井も礼を返し、まるで、十五郎には関心をもたぬ態度で稽古をつけている。

そっと道場からぬけ出した宮口源三郎は、まっしぐらに片桐屋敷へ駆けつけた。

「驚破《すわ》こそ……」

とばかり、片桐邸の者たちが、四谷の松平邸へ駆けつけて連絡をとると同時に、一方では下谷・坂本一丁目に住む土地の御用聞き辰造《たつぞう》のもとへ走った。

いま、辰造は、配下の手先数名をつかって、坂本三丁目の〔鮒宗〕を見張りつづけている。

江戸へもどって来た小杉十五郎を発見したのは、ほかならぬ宮口源三郎であった。

この夏がすぎようとするころに、宮口は大川を舟で下っていて、大川橋へさしかかったとき、何気なく橋の方を見上げ、

「あっ……」

と、声をあげた。

橋の欄干《らんかん》にもたれ、ぼんやりと夕空をながめている小杉十五郎に気づいたからであった。

すぐに宮口は近くの河岸へ舟を着けさせ、大川橋へ駆けつけたが、すでに十五郎の姿はなかった。

だが、これで、小杉十五郎が江戸へもどっていることを片桐・松平両家は知ったわけだ。

こうなると、先ず、十五郎の手がかりは、前のときと同様に、坂本の〔鮒宗〕か、三ノ輪の十五郎旧居の二ヵ所からもとめるよりほかはない。

前のときは〔鮒宗〕の真向いの料理屋・松の尾の二階座敷へ、両家の家来を交替で詰めさせ、鮒宗を見張ったものだが、

「それでは、やはり、小杉に気取られよう」

というので、片桐屋敷へ出入りしている町奉行所の同心・村井《むらい》信兵衛《しんべえ》へ依頼し、村井から坂本の御用聞き辰造へ、十五郎の探索と見張りをたのんだ。

深い事情は打ち明けていないが、なにぶん、片桐主税助は幕府の書院番頭《しょいんばんがしら》をつとめる大身旗本だし、こうした危急にそなえ、平常から村井同心には相当の手当をしてやっている。これは大身旗本や大名の江戸藩邸なら、どこでもしていることなのだ。お上《かみ》の警吏である与力《よりき》や同心が贅沢《ぜいたく》な暮しをしているのも、この所為《せい》であろう。

見張り所は、鮒宗の筋向い、料亭・松の尾の南どなりにある煙草屋の二階に設《もう》けられた。この煙草屋の亭主は、辰造の手先をつとめている。

このように、手がそろってしまったのでは、さすがの十五郎と鮒宗の亭主が見張られていることに気づかなかったのもむりはない。

で……十五郎が鮒宗へあらわれ、二泊三日をすごして出て来るところを尾行された。

すでにそのとき、片桐家から十五郎暗殺の依頼をうけた林又右衛門の配下二名が、ちょうど煙草屋の二階に詰めていたので、

「まかせておいて下さいまし」

と、辰造の手先を入れず、二人きりで尾行したわけだが、途中で十五郎に気づかれ、撒《ま》かれてしまったことはすでにのべた。

その後も、御用聞き辰造が、鮒宗を見張りつづけている。

片桐主税助の家来が、見張り所の煙草屋の二階へ駆けつけたとき、林又右衛門配下の二人は顔を見せていなかった。

日に一度は、どちらかが必ず来ることになっているのだが、

「昨日から顔を見せない」

と、いう。

いかになんでも、十五郎を暗殺するために、お上《かみ》の御用をつとめる村井同心や辰造の手を

借りることはできない。

そこで、牛堀道場のまわりに変装をさせた小者を出し、十五郎を見張らせると共に、片桐・松平両家は緊迫《きんぱく》の打ち合わせを重ねた結果、両家の者だけで、

「十五郎を討つ!!」

ことに決定した。

その一方では林又右衛門宅へ使いを走らせたが、又右衛門は、いっかな帰って来ない。

時刻は、七ツ（午後四時）をまわった。

風が絶えた。

すっかり晴れあがった夕空に、遠く富士山が浮きあがって見える。

牛堀道場では、小杉十五郎があらわれてから、急に、門人たちが帰って行き、残った酒井俊五郎ほか五名が稽古をつづけ、いまは酒井のみがいる。

酒井は帰り仕度をして、道場へ取って返し、はじめて十五郎に口をきいた。

「まだ、ここにおられるのか?」

「いけないか?」

「いや……」

酒井はくびを振って、

「それは、かまわぬが、なれど……」

「安心してくれ。牛堀道場に迷惑はかけぬ。私は時を待っているだけなのだ」

「小杉殿。それは……」

「酒井さん。だまって放っておいてくれ。あんたならわかってくれるはず。そうおもって、此処へ来たのだ」

「ふむ……」

「たのむ」

「それでよいのか？」

「よいのだ」

酒井俊五郎は、十五郎の眼の底にあるものをのぞきこむように凝視《ぎょうし》していたが、

「では、気のすむままに……」

こういって、道場を出て行った。

夕闇が道場にただよいはじめた。

この夏ごろに、新しく雇われた老爺が道場に住み暮しているだけだ。この老爺も気味悪いのだろうか、十五郎に茶の一杯も運んで来なかった。

小杉十五郎は、黙念としてうごかぬ。

そのころ、藤枝梅安と彦次郎は品川台町の家から消えていた。

裏手につないであった馬も、である。

十一

七ツ半（午後五時）をまわった。

夕闇が、夜の闇に変りつつある。

そのころ、林又右衛門は自分の家からも程近い水谷町《みずたにちょう》にある〔鶴友《つるとも》〕という小体《こてい》な料理屋の二階座敷で、酒をのみ、夕飯をしたためていた。

〔鶴友〕の名物は蜆汁《しじみじる》だそうだが、即席で、その日の仕入れにより、何でも料理して出す。

又右衛門は鈴木町に住むようになってから、よほどのことがないかぎり、この店で夕飯をするのがならわしになってしまった。

家には、下男も下女もいない。

盗賊をしていたころの配下が二人、交替で連絡に来たときに掃除をしたり、又右衛門の身のまわりの世話をするだけであった。

ゆっくりと、酒をのんでいる又右衛門の両眼が針のように細く光り、口元に微かな笑いが浮かんでいた。酒にあたためられた自分の躰から、まだ、白粉《おしろい》の香りがたちのぼってくる。

今日は、浅草の奥山裏《おくやま》にある〔玉の尾〕という隠れ茶屋で、又右衛門は一日をすごしてきた。

〔玉の尾〕へは、娼婦が来る。それも、それぞれに趣向《しゅこう》を凝《こ》らし、どう見ても、つつましやかな町女房としかおもえぬ女もいれば、今日の又右衛門が買った女のように、しなやかな若い躰にまで白粉を掃《は》き、乳首に紅をつけ、一糸もまとわず、男の執拗な甚振《いたぶ》りにこたえるのもいる。

(さて、明日中に吉野屋久蔵、五百両を工面できるかな。いや、店を売ってもつくるだろう。あの、ひとりむすめは、おれの手中に在る)

五歳のお梅を二人の配下に誘拐させた又右衛門は、これを麻布の広尾に近い木立の中の百姓家に隠してある。

この百姓家が、江戸へ舞いもどった又右衛門の〔根城《ねじろ》〕といってよい。

老盗賊・唐戸《からと》の為八《ためはち》が、この家を三年前からあずかり、上方から又右衛門が来るのを待っていたのだ。

以前は〔浅羽《あさば》の久蔵〕とよばれた吉野屋久蔵と組み、小人数の配下で何度も血なまぐさい強盗をやった又右衛門だが、久蔵と別れてのちも上方から中国すじにかけて、盗みをつづけてきている。

(久蔵から五百両出させ、これを元手に、腕のきいた手下の者をあつめ、江戸で大きな盗みをする……)

これが又右衛門の計画であった。

（やれることなら、江戸城の御金蔵《ごきんぞう》を破って見たい）

とまで、考えている。

江戸へ来て間もなく、林又右衛門は、山下御門外の山城《やましろ》河岸を歩いている吉野屋久蔵を見かけ、そっと後をつけ、あらためて吉野屋へ乗り込んで行ったのである。

（それにしても久蔵が、足を洗い、料理茶屋のあるじにおさまっていようとは、おもわなんだ）

今日は、二人の配下のうち、一人は広尾の隠れ家へ行き、為八爺と共に、お梅を見張っていい、別の一人は、このところ毎日のように、芝から高輪、品川宿にかけて、

（もしや、小杉十五郎が歩いてはいないか……）

と、探索に出ている。

十五郎が住んでいるのは、そのあたりと、見当をつけたからにちがいない。

「さて……」

のみ、食って、林又右衛門が手を打って座敷女中をよび、勘定をはらい、腰をあげた。

そのころ、吉野屋久蔵は女房を説き伏せ、玉屋七兵衛に、金策をたのむため、品川へ町駕籠を走らせつつあった。

むろん、吉野屋の店のすべてを抵当にする決心である。

久蔵が出て行ったあとで、女房お園は、まだ迷っている。

夫への疑心は、はれなかった。

（そ、そんなことで、お梅を助け出せるものか、どうか……？）

はなはだ、たよりなかった。

ついにたまりかね、お園は吉野屋を出た。

（尾張町の親分に、相談をしてみよう）

と、決意したのだ。

尾張町の藤吉は、御用聞きの中でも土地《とこ》《ろ》の信頼が大きい。六十に近い老人だが、町奉行所でも、藤吉の、これまでの功績《こうせき》を重く看《み》ている。殺人犯人を捕えたことなど、それこそ数えきれぬほどの藤吉であった。

提灯《ちょうちん》を手に、乳母のお崎をつれたお園が、三十間堀に懸かる三原橋を西へわたったとき、

「毎度、ありがとう存じます」

の声に送られ、林又右衛門が〔鶴友〕を出た。

美しい星空の下を、又右衛門は、いったん金六町の道へ曲がり、京橋川に沿った道を中ノ橋へ向って歩む。

提灯がなくとも、歩きなれた道すじだ。

まだ宵《よい》ノ口《くち》で、人通りがまったく絶えたわけではなく、町屋の灯りも外へもれている。

その、すこし前に、元鳥越の牛堀道場から、小杉十五郎があらわれ、歩き出していた。

すでに、道場が包囲されていることを、十五郎は感じていた。もとより、恩師の道場を血で汚《けが》すつもりはないし、相手も人数をもよおして、道場へ打ち込むことはない。

（おれが出るのを待つはず……）

であった。

十五郎は、蔵前の大通りへ出て南へすすみ、浅草御門から柳原《やなぎわら》の土手へ向いつつあった。

十二

京橋川に懸かる中ノ橋は、水谷町から炭町《すみちょう》をつなぐ長さ六間《けん》、幅三間半の小さな橋である。

林又右衛門が、中ノ橋の南詰（正しくは西南の方）へかかったとき、橋の向うから大きな荷を積んだ馬をひいて、菅笠をかぶった百姓ふうの男があらわれた。

又右衛門は気にもとめぬ。

左腕をふところに、悠然として中ノ橋をわたりはじめた。

夜空に、星が尾を引いてながれた。

ほろ酔いの鼻腔へ、まだ、胸もとからにおってくる白粉の香が、又右衛門をうっとりさせている。

百姓にひかれた荷馬と、林又右衛門が、橋の中央で、すれちがいかけた。

この百姓は、彦次郎である。

又右衛門とすれちがいかけた転瞬《てんしゅん》、彦次郎がひょいと屈みこんだ。

(……?)

その気配に、又右衛門が自分の左側をすれちがおうとしている荷馬を見やった。

そのときだ。

馬の腹の下から、彦次郎が颯《さっ》と突き出した杖《つえ》が二倍に伸び、その先につけておいた鎌《かま》の刃《は》が又右衛門の左足首をぐいと引きかけた。

「あっ……」

足首を切られ、おどろき、よろめいた又右衛門の頭上へ、馬の背に積まれてあった大きな菰包《こもづつ》みがいきなり落ちかかった。

荷物ではない。

藤枝梅安が菰包みに化けて、馬の背に乗っていたのである。

梅安の巨体が、細身の又右衛門を押し潰《つぶ》すように橋板へ倒した。

同時に、梅安の右手の仕掛針が、又右衛門の喉のあたりへ打ち込まれた。

「うわ……」

絶叫を発した又右衛門が、恐るべきちからで梅安をはね退《の》け、片ひざをついて半身を起し

ざま、

「たあっ‼」

抜き打ちの一刀を、すくいあげるようにして切りはらった。

「う……」

よろめいた藤枝梅安が二つ目の仕掛針を右手に持ち、二の太刀を揮《ふる》いかけた又右衛門へ猛然と組みついた。

彦次郎は、これを見返りもせずに、さっさと馬をひいて中ノ橋をわたり、水谷町の闇に消えた。

彦次郎は、梅安が又右衛門を仕とめた、と、看たので、打ち合わせたとおりに行動したわけだが、しかし、又右衛門の喉へ打ち込んだ仕掛針は、急所を外れたらしい。

立ちあがった林又右衛門が、喉と足首の傷にも屈せず、組みついている梅安を、恐るべきちからで橋の欄干へ押しつけた。

「おのれ、何者……」

押しつけられたまま、梅安は又右衛門の胴を両腕に抱きしめてはなさぬ。

「うぬ……うぬ‼」

大刀の柄の頭で、梅安の坊主あたまを打ちすえようとした又右衛門の躰が、ふわりと宙《ちゅう》に浮いた。

梅安は欄干に背をもたせ、反動をつけ、敵の躰を抱きかかえたまま、仰向けに、われから京橋川へ落ち込んで行ったのである。

橋の両袂《たもと》から、通行の男女の叫び声がきこえた。


小杉十五郎は、和泉橋の南詰をさらに西へすすんだ柳原土手下の、神田川をのぞむ草原で、約十五名の敵に囲まれていた。

柳原の土手は神田川の南岸、筋違橋《すじかいばし》から浅草橋へつづく約十町の堤である。

土手の向う側は武家屋敷が多く、日が暮れて、この土手のあたりを歩む人は、ほとんどない。

(ここならば、ちょうどよい)

と、小杉十五郎はおもった。

敵も、そのつもりであろう。

ここまで来ると、いっせいに左右からあらわれ、抜刀《ばっとう》して十五郎を取り囲んだのだ。彼らは四つの龕燈《がんどう》のあかりを十五郎に集中させている。

「片桐、松平御両家の方々とお見うけした。小杉十五郎、逃げも隠れもせぬ。尋常に、名乗られい」

いうや、刀の下緒《さげお》を外し、十五郎がす早く襷《たすき》にまわした。

と、一人がすすみ出て、名乗った。

「松平宗之助。二人の弟の敵《かたき》を討つぞ!!」

「心得た」

叫ぶや十五郎が、身をひるがえして右側面の敵へ、越前守信吉の銘刀ぬく手も見せぬ電光の一撃。

ばさっ……、と異様な物音がした。

その敵の、大刀をつかんだ右腕が十五郎の一撃に切断され、宙を飛んで神田川へ落ちた。

「むう……」

のめり倒れた片桐の家来を見向きもせず、小杉十五郎は群がる敵中へ躍り込んで行った。

十三

この柳原土手の決闘中に、近くの豊島町《としまちょう》一丁目に屋敷を構えている細川長門守《ほそかわながとのかみ》（常陸・矢田部一万六千三百石）の家来某が通りかかり、これを藩邸へ急報したため、細川家では、近くの大身旗本・富田大内蔵《とみたおおくら》（七千石）方へも知らせ、両家合わせて約四十名の人数が高張提灯をかかげ、現場へ駆け向った。

このため、事件は、

「白日《はくじつ》の下《もと》に曝された……」

のである。

両家の出動を見て、逃げ去った者もいる。

現場に倒れていた死体は三名であったが、土手下の草地には手指や腕、足などが切断されていくつも残されてい、重傷を負った片桐・松平両家の家来のうち三名が、細川・富田両家に収容された。その中に、林又右衛門の従弟・平吾もいた。

尚、松平宗之助の死体だけは、さすがに生き残った家来たちが四谷の屋敷へ運び去った。

これで松平伊織は、二人の息子を、十五郎に討たれたことになる。

幕府も、この事件を重視し、片桐家の家来をはじめ、片桐主税助・松平伊織の両旗本を評定所に召喚《しょうかん》し、厳重な取調べをおこなうことになった。

その結果、片桐・松平の両家には、幕府から、

「謹慎」

の沙汰《さた》が下ることになる。

それまでは、尚、三ヵ月を待たねばならない。

それにしても、小杉十五郎はどうしたろう。

十五郎の死体はなかった。

また、細川・富田両家に捕えられたわけでもない。

片桐・松平の家来たちの証言によると、十五郎は、

「逃げた……」

ことになる。

この夏、藤枝梅安宅を出てから、独りで、ひっそりと身を隠していた品川宿・竹屋横丁の小さな家にも、十五郎は帰って来なかった。

かくて小杉十五郎は、梅安や彦次郎へも行方を告げずに、姿を隠してしまった。

おそらく、江戸をはなれたのであろう。

はなしを、もどそう。

吉野屋の女房お園が、尾張町の御用聞き藤吉方へ駆け込んだところから、お梅誘拐事件は町奉行所の探索へ移り、翌日、林又右衛門の仮寓へ連絡《つなぎ》にあらわれた配下の一人が、網を張っていた藤吉に捕えられた。

これで、広尾の百姓家に軟禁されていた幼女お梅が救い出され、又右衛門一味の盗賊も縄にかかった。

となれば、当然、吉野屋久蔵の過去も洗い出され、しかるべき、お上《かみ》の処置をうけることになるのだが、それは、もう、梅安・彦次郎にとって、

「関わり合いのない事」

と、いってよい。

あの夜。

藤枝梅安は林又右衛門へ組みついたまま、われから京橋川へ落ちこんだ。

このため、重傷の又右衛門の反撃は完全に封じられてしまった。

水中で、又右衛門の延髄《えんずい》へ二本目の仕掛針を打ち込んだ梅安は、中ノ橋の一つ先の白魚橋《しらうおばし》の橋杭につかまって這《は》いあがり、逃げたのである。

又右衛門の死体は、その先の、川の中へ突き出た竹置場の杭に引きかかり、翌朝、発見された。

彦次郎の仕掛杖《しかけづえ》の鎌に左足首を切られ、梅安の仕掛針を喉のあたりへ受けながらも、林又右衛門が屈せずに梅安へ切りつけた一刀は、百姓姿の梅安の右股を切り裂き、胸もとから左腕を傷つけた。

傷の長さを合わせたら一尺あまりにもなるが、いかにも浅手である。

「梅安さんが傷を受けたとは知らなかった。おれも、なんてえ間ぬけな奴だろう」

と、打ち合わせたとおり、芝の将監橋《しょうげんばし》南詰の空地に待っていて、ずぶ濡れの梅安を迎えた彦次郎が、

「どうか、梅安さん。かんべんして下せえ」

「なあに、こんなもの、傷ともいえぬよ」

応急の手当をし、梅安を馬の背に乗せ、菰《こも》をかぶせた彦次郎が、

「それにしても、凄いやつだったね」

「うむ……」

「おれも、この馬の腹の下から仕掛杖を突き出すまでは、気が気じゃあなかった……」

「そうだろうとも」

「すれちがうときの呼吸が心配でね。あのとき、ひょいと空を見ると、星が一つ、飛んだっけ」

「ふ、ふふ……」

「何で笑いなさる?」

「あんなときに、走り星に気がつくなぞとは、彦さん。お前も大した男だとおもったまでだ」

「からかっちゃあ、いけねえな、梅安さん」


つぎの日の午後もおそくなって……。

品川の玉屋七兵衛は、吉野屋久蔵にたのまれた三百両の工面がどうしてもつかず、

「もう二日三日、待ってもらいたい」

と、久蔵へ告げるため、品川の家を出た。

吉野屋の前へ来て見ると、店の表戸が閉ざされてい、表に、町奉行所の小者が突棒《つくぼう》を持って二人も立っている。

（こ、こいつは……？）

あわてて物蔭へ入り、様子をうかがうと、これは七兵衛も顔を知っている御用聞きの藤吉が中から出て来た。

七兵衛は、すぐに、品川へ引き返した。

（何かあったらしい。こいつは、うかつに近づけぬぞ）

と、おもったのであろう。

そのためもあって、七兵衛は乗った町駕籠を品川宿の手前で下り、駕籠が高輪の方へ引き返して行くのをたしかめてから歩き出した。

宵ノ口の品川宿は、遊客のぞめきが、明るい灯火のこぼれる往還にみちあふれている。

宿《しゅく》の入口の辻番所の前を通りぬけ、歩行《かち》新宿《しんじゅく》三丁目へかかった玉屋七兵衛の向うから、大きな躰つきの坊主あたまの男がゆっくりと近づいて来た。

藤枝梅安であった。

（町医者が昼遊びに来て、引きあげるところか……）

と、七兵衛は看た。

黄八丈の着物に黒の羽織で、右手をふところにいれた藤枝梅安が、玉屋七兵衛とすれちがいざまに、七兵衛の延髄へ仕掛針を深ぶかと刺し込んだ。

そのとき、梅安は、晴れた夜空に飛ぶ星を見た。

(秋も深くなると、よく、星が飛ぶことだ)

にやりとして梅安が、

(彦さん。今夜は私も走り星を見たよ)

と、品川台町の家の留守番をしながら、いまごろは酒の仕度にかかっているだろう彦次郎の顔をおもいうかべながら、声もなく立ちすくんでいる玉屋七兵衛をそのままに、辻番所の前を抜け、闇の中へ溶けこんでしまった。

汐の香が濃くただよっている。

「おや……」

通りかかった妓楼・住吉屋のあるじが、

「もし、稲荷の親方じゃあございませんか。今日はどちらへ？」

よびかけながら近寄って来たとき、七兵衛の躰がぐらりとゆれた。

「もし……親方。もし、どうなすったので？」

駆け寄って手をさしのべた住吉屋の胸もとへ、息絶えた玉屋七兵衛の躰がぐったりともたれかかった。

住吉屋のあるじの叫び声がきこえた。

また一つ、星がながれた。

梅安最合傘《もやいがさ》

一

「春が、もう、そこまで来ているような……」

と、藤枝梅安がつぶやいた。

炬燵《こたつ》に巨体を埋めている梅安の手は、寄り添った座敷女中・おもんのえりもとへさし入れられ、

「でも、先生……」

梅安の手に、自分の重い乳房を包まれたおもんは、もう、あえぎながら、

「今朝は、すこしですけれど、雪が、降ったのですよ」

「知っている」

「うそ」

「なぜだね？」

「あんなに、鼾《いびき》をかいていたくせに……」

「お前の肌身は、もう冬を追い払ったようだな。ほれ、こんなに……」

「あれ……くすぐったい……」

三十をこえたおもんが身をもみ、梅安へ甘えかかり、顔で男のえりもとを押しひろげるようにして、直《じ》かに、くちびるで胸肌をまさぐってきた。

「およし」

「いいじゃありませんか、先生……」

「日暮れには、まだ、すこし間がある」

「今夜も……？」

「ああ、泊るつもりだ」

「うれしい」

浅草・橋場の料亭〔井筒《いづつ》〕の、いつもの離れへ、梅安は、二夜をすごしていた。

ちかごろは〔井筒〕の主人夫婦も、梅安とおもんの仲をみとめてくれていたし、半月ほど前に、梅安はおもんをつれ、相州・江ノ島へ四日がかりで遊山《ゆさん》に出かけたりしている。

死別れた亭主との間に生まれた芳太郎という子を、阿部川町に住む大工の父親へあずけ、井筒ではたらいているおもんへ、梅安は何度も、すくなからぬ金をわたそうとした。

そのたびに、おもんは拒《こば》みつづけている。

「あまっている金だから、やろうというのだ。あまり、私に恥をかかすものではないよ」

そういうと、おもんは、

「それじゃあ、いただきます」

きまって、一両小判を一枚だけ受け取り、

「これで、お父つぁんと芳太郎に、うまいものでも食べさせてあげよう」

「もっと取れ。遠慮はいらない」

「いいえ……こんなに、たくさんのお金を、いちどきにもらうと、あたし、いや、いやなんです」

「何が、いやだ？」

「先生が、どこかへ行ってしまうような気がして……」

梅安は、こたえぬ。

そうなると、おもんも黙ってしまう。

だが、一瞬の沈黙のうちに、おもんは気を取り直すかのようであった。

顔が美しいわけでもない子もちの三十女と、いつまでたっても、

(切れないのは、おもんが、すこしも、私の内《うち》ぶところを突つかないからだ)

梅安は、そうおもっている。

品川台町の自宅のことも問いかけては来ない。とにかく何日でも、梅安が顔を見せるま

で、井筒ではたらきつづけているのだ。

(内ぶところへ飛び込まれたら、たまったものではない……)

のである。

鍼医者をしている梅安が、裏へまわれば、金で殺人を請負《うけお》う仕掛人《しかけにん》だなどと、おもんは夢にも想っていまい。

「そうだ」

何か、おもいついたように、突然、梅安が、おもんの乳房から手をぬいて、

「ほれ……あれを、見せてもらおう。私もうわさには聞いていたが、一度も見たことがないのだよ」

「あれって、何を?」

「江ノ島で、お前がいっていたろう。ほれ、この井筒に、隠し部屋が出来たと……」

「あ……」

おもんが、うなずき、

「でも、ここの旦那には内証《ないしょ》ですよ」

「わかっているとも」

「じゃあ、ちょっと、待っていて下さいまし」

おもんは身じまいを直し、離れから出て行った。

〔隠し部屋〕とは……。

すべての料理屋や茶屋がそうだというのではないが、名の通った店になるほど、この隠し部屋がついた座敷や離れがある。これは客のためのものではない。料理屋のために設けられたものであって、

(これは、何やら怪しい客だ)

とか、

(どうも、深い事情《わけ》がありそうな客……)

と、看《み》た場合、その客を隠し部屋のついた座敷へ入れておき、ひそかに見張るのである。

その次第によっては、お上《かみ》へも急報するというわけで、それもこれも、料理屋自身が、未然に災害をふせぐためなのだ。

隠し部屋を設けることは、町奉行所も、むしろ、奨励《しょうれい》している。

井筒の〔隠し部屋〕は、梅安が愛用している離れ屋の奥に、近ごろ新築された離れ屋についているらしい。

「先生……」

おもんが、そっと、もどって来て、

「いま、お客が入っているそうですよ」

「それは、ちょうどよいな」

「まあ、いやな……」

「男と女か？」

「ばかな先生。二人とも、おさむらいですよ」

「ふうん……」

庭へ出ると、もう、雪は溶けている。

灰色の空が、わずかに明るんでいた。

おもんにみちびかれ、梅安は、井筒の母屋の西側の竹藪に沿って右へ折れた。

そこが、新築の離れ屋の裏手になっている。

おもんは、下見板《したみいた》の一部をゆっくりと引いた。

すると、その箇処《かしょ》が、ぽっかりと口を開けた。三尺四方の隙間《すきま》を指して、おもんが「さ、先生。早く……」と、うながした。

梅安は大きな躰をちぢめ、やっとのことで中へ入った。

おもんが、下見板を閉めた。

暗い。

壁一重《ひとえ》の向うで、ふたりの男の声がする。

梅安は隠し部屋の壁の一隅へ眼を寄せた。大豆《だいず》ほどの穴が開いていて、離れ座敷の中が見える。

のぞき穴は、座敷の床の間の落棚《おとしだな》の蔭へ、巧妙に隠されてい、客は、まったくこれに気づかぬ。

(や……？)

梅安は、好奇の目を光らせた。

ひとりは中年の浪人体《てい》で、いまひとりは二十歳前後の若侍である。

浪人が若侍を抱きしめている。

抱きしめて、口を吸っている。

若侍の、白い腕が、たくましい中年浪人のくびすじを巻きしめていた。

その浪人の顔を見て、おもわず梅安が、胸の内に、

(あっ……)

と、叫んだ。

二

この浪人に出合ったのは、十年前のことだが、梅安にとって、

(いのちの恩人……)

だと、いってもよい。

あのとき、この浪人が、その場に居合わせなかったら、どうだったろう……。

（何、おれひとりだって、逃げられたかも知れぬ）

と、おもったこともないではないが、

（やはり、殺されていたろうな。とても、逃げきれなかったろう）

いまでも、時折、あのときのことをおもい起し、

（ふ、ふ……あのとき、死んでしまっていれば、彦さんにも会えなかったし、おもんを知ることもなかったわけだ。そのほうが、よかったかもしれぬ）

鍼医者ではなく、〔仕掛人〕としての自分におもい至り、気が滅入《めい》って仕方のないときは、そんなことを、いつまでも考えてみたりする梅安であった。

藤枝梅安は、少年のころ、父親に死なれ、母親に逃げられ、東海道・藤枝の宿場で途方にくれていたとき、京の鍼医者・津山悦堂に拾われ、京へおもむき、悦堂から鍼の治療を仕込まれた。

長じてのち、悦堂先生が亡くなり、梅安は一人前の鍼医者として悦堂の跡をつぐこともできたのだが、そこで、間ちがいを起してしまった。

津山邸の近くに住んでいた井上平十郎《いのうえはんじゅうろう》という浪人者の妻女の軽い病気を治療してやるうち、妻女にさそいこまれ、密通を重ねるようになったのである。

その現場を、井上平十郎に見つけられたとき、妻女は、夫に何といったか……。

「私は、むりやりに、梅安先生の手ごめにあった……」

と、いったのだ。

梅安は、井上の木刀《ぼくとう》に打ちすえられ、半死半生の目に合わされた。

若かった梅安は、妻女の〔嘘《うそ》〕を、どうしてもゆるしておけなかった。

「私がね、針をつかって人を殺《あや》めたのは、そのときがはじめてだった……」

と、梅安は、仕掛人の彦次郎へもらしたことがある。

「そうなっては、もう、京にいることもできない。すぐに逃げ出して、それはもう、ずいぶんと諸国を歩きまわったものだが……彦さん。いったん、たった一人でも人を殺めたということは、どうにもならぬものだね。もう、決して、元へは戻れない」

これも、梅安の述懐《じゅっかい》であった。

ところで……。

京を逃げてから半年ほど後に、梅安は中仙道・藪原《やぶはら》の宿場の〔きぬや与左衛門〕という休み茶屋で、旅の侍と大喧嘩《おおげんか》をやった。

双方とも酒に酔っての口論から撲《なぐ》り合いになったが、躰も大きく腕力も強い藤枝梅安が、相手を叩きのめし、雨もよいの鳥居峠《とりいとうげ》へかかったとき、背後から五人の旅の侍が追いかけて来て、梅安を取り囲んだのである。

「そやつどもは、私がやっつけた侍と同行の者たちでな。一足遅れて藪原へ入って来て、事情を知ると、すぐさま、私を追いかけて来たのさ。いずれ、どこぞの大名の家来たちなのだろうが……身すぼらしい風体《ふうてい》のながれ者に、両刀を帯《たい》した仲間が身うごきもならぬまで叩きのめされたのを見逃してはおけぬ、というわけでね」

彦次郎と心をゆるし合うようになり、たがいに身の上ばなしもする間柄となってから、梅安は、十年前のそのときのありさまを、

「さすがの私も、もうだめだと観念したよ。だって彦さん。白刃《しらは》が五つ、ぎらぎらと光って、こっちの躰へせまって来たのだもの、たまったものではない。そうさ、いまの私だって、危いものだろうよ。もし、あのとき、あの浪人さんが通りかかってくれなかったら、やっぱり彦さん、私は、いま、こうやって、お前と酒なぞ飲んではいられなかったろうね」

その浪人は、奈良井《ならい》の方から峠へのぼって来て、木蔭から、梅安の危難を見とどけていたらしい。

浪人は、ぱっと割り込んで来るや否や、いきなり抜き打った。

たちまちに二人、旅の侍が斬って殪《たお》された。

「そりゃあ、凄《すご》いものだったよ、彦さん。あんな手足《てだり》は見たこともない。一人はくびの急所をはね切られ、一人は喉《のど》を切り払われて……それが、あっという間なのだ」

「梅安さん。あとの三人は？」

「あまりの凄さに気をのまれ、あわてて逃げたよ。それを追いかけて行って……」

「三人とも殺《や》った……?」

「そうだ」

「ふうむ……」

浪人は、顔面蒼白となり、立ちすくんでいる藤枝梅安を見やって、

「一人でも逃がすと、あとがうるさい」

と、いってよこした。抑揚《よくよう》のない声音《こわね》であった。

梅安は、土の上へ両手をつき、礼をのべた。

すると、浪人は、

「お前があわれだから、助けたのではない」

と、いう。

「は……?」

「久しぶりに、人を斬って見たかったのだ」

「な、何と、おっしゃいます?」

「だからといって、むやみに人を殺すわけにもゆかぬ。この五人は、ちょうど手頃な馬鹿者ぞろいだから、殺《や》る気になった」

「私は、藤枝……」

「名乗るな。おれも名乗らぬ。さ、早く行け。ぐずぐずしていると面倒だぞ」

たのである。

それきりであった。

浪人が、さっさと峠を下って行くのを見て、梅安も、転げるように奈良井の方へ走り下ったのである。

夕暮れどきで、他に旅人の姿は見えなかった。

「いまでも、あのときの浪人さんの顔を忘れないがね。背丈《せたけ》は私ぐらいあった」

「それじゃ、大男だ」

「さようさ。鼻すじの隆《たか》い、髭《ひげ》あとの青々として、口もとがきゅっと引きしまっていてね」

「へへえ……」

「まるで、武者絵《むしゃえ》の豪傑《ごうけつ》のような、すばらしい顔なり姿なりだったが……どうも一つ、私には気に入らないところがあったっけ」

「何がね？」

「眼さ」

「眼つきが……？」

「うむ、何やら青白く光っていてね。その光りに、生きている人の血がながれていないようだった。蛇の目のように、白くね。どんよりと光っている……わかるかね、彦さん」

「うむ。わかるような気がするよ、梅安さん」

「たしかに、いのちの恩人だし、また、どこかでお目にかかったら、あらためて御礼を、と、おもいはするのだが彦さん……どうも、二度と出合うのは、ごめんだというおもいもせぬではないのだ」

「ふうん……」

「わかるかね？」

「わかるような気もする」

ところが、いま、十年ぶりで、藤枝梅安は、あのときの浪人者に出合ったのだ。

しかも〔隠し部屋〕の見張り穴から、その顔を見ている。

場所が場所、時が時だけに、声をかけるわけにもゆかぬ。

藤枝梅安は息をのんで、見張り穴へ顔を密着させていた。

三

浪人は若い侍の唇《くち》を存分に吸い終えると、盃に酒をみたし、口移しにして、若い侍へのませた。

「権八郎《ごんぱちろう》殿は、山村伊織《やまむらいおり》にも、このようなまねをなされたのか？」

と、若い侍が、あえぎながら、浪人にいった。

浪人は、こたえず、また、若者の唇をむさぼりはじめた。

これを見張り穴から見とどけながら、藤枝梅安は呆気《あっけ》にとられている。

浪人の両眼は生気《せいき》にあふれてい、十年前の蛇《くちなわ》か死魚《しぎょ》のようなそれとは、まったくちがう光りに輝《かがや》いていた。

そこへ、座敷女中のおよしが、料理と酒を運んで来た。

およしが出て行ってから、浪人と若侍は、また寄り添い、いかにも楽しげに食べ、飲みはじめる。

二人の会話によって、浪人の名は、

「井坂《いさか》権八郎」

と、いい、若侍の名が、

「宮部数馬《みやべかずま》」

であることを、梅安は知った。

そして、二人の名を耳にするまでの間に藤枝梅安は、さらに意外の事実をも知らざるを得なかったのである。

女中の足音が聞こえると、二人は離れ、女中が去ると、また寄り添った。

顔をすり寄せんばかりにして魚を食べ、口移しに酒をのみ合う。

男色の、こうした場面を、はなしに聞いてはいても、まだ一度も目撃していなかった梅安は、好奇心を押えきれなくなってきた。

さらに、二人の男色関係の背後に在るものが、うすうすわかったとき、さすがの梅安もおどろいた。

井坂権八郎と宮部数馬は、元は、遠州浜松六万石・井上河内守の家来であった。

もっとも、十二年前のそのとき、数馬は、おそらく十歳そこそこであったろう。

だから、父の宮部源兵衛《げんべえ》が浜松藩士だったことになる。

「わしが、おぬしの父を斬って、浜松を逃げた……」

とか、

「もはや、こうなっては、父の敵《かたき》のわしを斬れまい。どうじゃ、む……？」

とか、

「国もとで、わしの首を持って帰るおぬしを待ちわびている母御《ははご》には気の毒だが……もう、こうなっては、仕方もないのう。忘れてしまえ。何も彼《か》も、忘れてしまえ」

そして、恍惚《こうこつ》と両眼を閉じた数馬の白い頬を赤い舌の先でちろちろと愛撫しながら、井坂権八郎が、

「いつまでも、わしと共に暮そう。桜花《はな》が咲くころには、江戸を出て、諸国を旅してまわろうではないか。たのしいぞ数馬。な、な……」

などと、ささやいている。

してみると……。

宮部数馬は、父の敵《かたき》・井坂権八郎を討つべく、浜松を発し、井坂を探しまわるうち、ついにめぐり合った。

ところが、どうしたものか、井坂の男色の虜《とりこ》となってしまったらしい。

男女の色欲よりも、男どうしのそれは、いったん奥深くのめりこむと、

「ぬきさしならぬもの……」

だと、梅安も耳にしたことがあった。

「だが、さむらいのくせに、親の敵だということを忘れるほどのものなのか？」

梅安には、どうも、わかりかねる。

井坂権八郎は、十年前にくらべ、小鬢《こびん》のあたりに白いものがまじっていたけれども、みなぎるばかりの血色だし、背丈の高い躰にみっしりと肉がつき、小柄な宮部数馬が抱きすくめられてしまうのを見ていると、

(これでは、たとえ、刀を抜いて斬りかかったところで、とても勝てるものではない)

のである。

鳥居峠での、井坂権八郎の凄《すさ》まじい剣のさばきを見ているだけに、梅安としては、

(なるほど……この若ざむらいも、あきらめきってしまったのかも知れぬな)

と、おもった。

数馬が口にのぼせた〈山村伊織〉というのは、おそらく井坂が浜松藩士だったころ、男色

の相手にしていた侍の名であろう。そして、そのことは、藩内でも評判になっていたと看てよい。

井坂権八郎は総髪《そうがみ》をきれいにゆいあげ、身につけているものも、かなり贅沢《ぜいたく》なものだ。

（ふところは、あたたかいらしい……）

のである。

どれほどの時間《とき》がすぎたろう。

梅安は、隠し部屋の下見板を、微《かす》かに外から叩く音に気づいた。

外へ出ると、おもんが立っていた。

いつの間にか、夕闇が濃くたちこめている。

「先生。いつまで入っておいでなさるの」

「いや、どうも……」

「彦次郎さんが見えていなさいます」

「あ、そうか。彦さん、今夜来るはずだったな」

「まあ、あきれた……」

自分の離れへもどりながら、梅安が尋《き》いた。

「おもん。あの離れのさむらいは、ここへ……？」

「ええ、今年に入ってから、今夜で三度目でしょうか。うちの料理が気に入ったらしくて、板場へも、こころづけをはずみなさるんですよ」

「ほほう……」

彦次郎は、白魚《しらうお》を卵でとじ、もみ海苔をかけまわしたものを口へ運んでいた。

「やあ、彦さん」

「梅安さん。しばらくですね」

「彦さん。ちょいと、たのみごとができたのだよ。引き受けてくれるかね？」

おもんは、酒を取りに行って、まだ離れへあらわれなかった。

「いいともね」

「実は、今度、新しく出来た離れにいる客なのだがね」

「仕掛けかえ？」

「いや、とんでもない。いのちの恩人を仕掛けたりするものか」

「梅安さんの？」

「そうとも。すまぬが彦さん。その人が帰るのを、後からつけて、居所《いどころ》をたしかめてもらいたいのだ」

「いのちの恩人なら、何も、おれが……」

「さ、そこに、ちょいとわけがあってね。会って見たくもあるし、会わぬがよいともおもえるし、とにかく、居所だけは知っておきたいのだ」

「よし、わかった」

「帰って来たら、たくさんに御馳走《ごちそう》をしよう」

「たのみましたぜ」

「だが、充分に気をつけてくれ」

「え……？」

「それ、いつか、木曾《きそ》の鳥居峠で、私を助けてくれたという浪人……」

「え……あ、そうか。そのお人が、いま、ここの離れにいなさるのだね」

「隠し部屋を見に行って、びっくりしたよ」

「へへえ……」

「井坂権八郎さんという。いっしょに若いさむらいがいる。くわしいことは、お前さんが帰ってからはなそう」

そこへ、おもんが入って来た。

「おもん。彦さんは急用をおもい出して、ちょいと用を足して来るそうだ。なに、すぐにもどる」

そういった梅安へ、彦次郎がうなずいて見せ、

「おもんさん。うめえものが無くなってしまわねえように、板場へたのんでおいて下さいよ」

すっと出て行った。

庭をへだてた向うの座敷で、多勢の客の、にぎやかな笑い声が聞こえた。

それは、井筒のなじみの客で、浅草駒形町《こまがたちょう》の蠟燭問屋《ろうそくどんや》・越後屋治兵衛《えちごやじへえ》の宴席だという。

あたりは、もう、とっぷりと暮れていた。

井坂権八郎と宮部数馬が帰って行ったのは、それから間もなくのことであった。

四

井坂権八郎は、井筒の女中にいいつけ、浅草山之宿《やまのしゅく》の〔駕籠駒《かごこま》〕から町駕籠を一挺《ちょう》よんで、これへ宮部数馬を乗せた。

井筒を出てから、権八郎は駕籠の中の数馬へ何かささやき、南へ遠去かる駕籠を見送った。

それから、あたりを見まわし、人影がないのをたしかめつつ、ゆっくりと歩み、大川辺《べ》りの竹置場へ身を隠したものである。

(はて……?)

彦次郎は、道をへだてた西側にある藁屋根《わらやね》の民家と民家の間の路地へ身をひそめ、これを見とどけた。

そのとき、彦次郎は、

（いっそ、駕籠の後をつけてやろうか。そのほうがたやすい……）

と看たが、何としても、井坂権八郎の行動は奇怪至極《きっかいしごく》である。

竹置場の中へ隠れたきり、いつまでたっても出て来ない。

（おれが、ここに隠れているのを勘《かん》づいたのか？）

そうでもないらしい。

小半刻《こはんとき》も、彦次郎は竹置場をにらんでいた。

井坂もまた、竹置場から出て来ない。

と……。

〔井筒〕で酒宴をしていた越後屋治兵衛一行が、提灯《ちょうちん》のあかりをつらねてぞろぞろとあらわれ、これが、竹置場の南どなりにある〔大吉《だいきち》〕という船宿へ入り、間もなく、一行のうちの六、七名が二艘《にそう》の舟に乗って大川へすべり出て行った。

残ったのは越後屋治兵衛と、供をして来た若い手代《てだい》の二人のみである。

すでに〔大吉〕へは町駕籠が待っていて、これに越後屋が乗り、手代がつきそい、南へ行く。駒形の店へ帰るのであろう。

月もない暗夜だが、闇になれた彦次郎の目に、竹置場からあらわれた井坂権八郎の姿がとらえられた。

（おや……？）

彦次郎は、妙な予感をおぼえた。

井坂は足音も立てずに、駕籠のうしろからついて行く。むろん、提灯をもってはいない。

前方を行く駕籠の提灯が、闇の中で、わずかにゆれうごいている。

越後屋の手代も提灯を持っていた。

両側の民家は、いずれも一側《ひとかわ》で、あとは、大川の川面と寺院のみだ。

駕籠は橋場をすぎ、今戸町の通りへかかった。

両側には、今戸焼の窯場《かまば》が多く、日暮れになると、夏でもないかぎり、いずれも戸を下ろしてしまう。

（こいつは、どうも、おかしい？）

たしかに、井坂は越後屋の後をつけていることがわかり、彦次郎は（何のために？）と、胸がさわいだ。

その瞬間であった。

それこそ、

「あっ……」

という間もない出来事で、彦次郎が駆けつける間さえなかった。

井坂権八郎が、突風のように、越後屋の駕籠へ追いせまったかと見るうち、物もいわずに

電光の抜き打ちが、先ず、手代を斬り殪《たお》し、

「うわ……」

叫び声も、ほとんどたてずに、その手代が倒れ伏したときには駕籠昇《か》き二人がばたばたと斬り殪され、駕籠は道へ投げ出された。

このとき、はじめて越後屋治兵衛の悲鳴があがった。

「つ、辻斬りだ」

うめくように、彦次郎がいった。

このとき、大声で叫ぶべきであったろうが、その声が出ない。気おくれしたのではなく、彦次郎は、こうした場面で助けをよぶだけの資格がないといってよい。

もしも、人の目に自分がさらされたとしたら、どうなる。

彦次郎も藤枝梅安同様、金で殺人を請負《うけお》う仕掛人であったからだ。

(畜生め。とんでもねえことを……)

彦次郎は跣《はだし》になり、草履《ぞうり》をふところへ入れて走った。

走りついたとき、すでに井坂浪人の姿はない。

井坂の足音が、西側の長昌寺《ちょうしょうじ》の塀外に沿って消えて行くのを、彦次郎は聴いた。

投げ出された駕籠のまわりに、四人が倒れ伏し、もう、声もない。即死である。

恐るべき早わざといわねばなるまい。

彦次郎は、身ぶるいをした。

(こ、こんな早わざを、見たこともねえ)

のである。

だが、こうなっては捨てておけなかった。

身をひるがえし、彦次郎は長昌寺の細道へ走った。

油断はできない。相手が待ちかまえているやも知れぬ。全神経を張りつめて、彦次郎は追った。

追ったが、ついに見うしなった。

(てっ……なんてえことだ)

寺ばかりがたちならぶ曲がりくねった細路づたいに、新鳥越《しんとりごえ》の通りへ出たときには、もう、足音も絶え、人の気配もない闇が重苦しく彦次郎を包んだ。

(どこへ逃げやがった……あんなまねをしやがって畜生め。刀の試し斬りか、それとも物盗《ものと》りか……)

あきらめかけて、尚も去りがたく、通りを突切り、新鳥越二丁目の町家の裏へ出ると、あたり一面の田圃《たんぼ》であった。

この道を真直《まっすぐ》に行くと、山谷堀《さんやぼり》に突き当る。

その近くまで行って見て、

（もう、いけねえ。むだだ）

あきらめきって、彦次郎が引き返そうとしたとき、山谷堀の方でぽっと火が灯《とも》るのが見えた。

（おや……？）

だれかが、提灯へ火を入れたらしい。

山谷堀にかかる橋の上らしい。

（あの浪人だ……）

そっと近づいて行くと、まさに、井坂権八郎である。

ここまで一気に逃げて来たが、暗夜のことで、さすがに閉口《へいこう》したらしく、ふところから折りたたんであった道中提灯を出し、山谷堀の橋のたもとで火を入れたのだ。

つまり、火燧《ほくち》の道具も用意していたことになる。あるいは、火を点じた火縄《ひなわ》を隠し持っていたのか……いずれにせよ、周到《しゅうとう》なものだ。

（ふうむ……）

肚《はら》の底から、彦次郎はうなった。

提灯が、山谷堀を越え、日本堤の土手へのぼって行く。

彦次郎は、かつてない恐怖と闘いつつ、後をつけはじめた。

五

翌朝となり、今戸の越後屋殺しで、近辺は大さわぎになった。

〔井筒〕からの帰り途《みち》に襲われたということがわかり、浅草田町の御用聞きで弥平《やへい》というのが井筒へ聞き込みにあらわれた。

弥平は五十に近い年齢で、むやみに十手風《じってかぜ》を吹かせるようなこともなく、土地《ところ》の評判は非常によい。

〔井筒〕の亭主・与助にすすめて、新築の離れへ隠し部屋をつけさせたのも、この弥平であった。

それだけに、弥平も、与助にはこころをゆるしているらしく、

「道のまん中で、四人もの人が殺されたというのに、あたりの家《うち》では、みんな気がつかなかったというのだ。五ツごろに、道林寺《どうりんじ》の坊さんが通りかかって、四人の死体を見つけ、すぐに届け出たのだがね」

くわしく語ってくれたそうな。

昨夜の宴会は、親しい同業者の寄り合いだったらしい。本所三ツ目の伊豆屋平兵衛ほか五名の同業者は無事に帰り、越後屋の異変を聞いて驚愕《きょうがく》したそうな。

いずれも口をそろえて「こころあたりは何もない」と、申したてた。

越後屋治兵衛は当夜、十五両ほどの金をもっていたらしい。これは治兵衛の亡骸《なきがら》を迎えて、悲歎《ひたん》にくれながら越後屋の妻や番頭が語ったという。

その金は、治兵衛のふところから消えている。

井筒の勘定は三月《みつき》に一度、井筒から受け取りに行くことだし、十五両の金はつかっていないはずだ。財布ぐるみ消えているところを見ると、これはやはり、越後屋を襲った曲者《くせもの》が奪い取ったことになる。

「なんというやつらだ。わずか十五両を奪い取るのに、四人も殺害するなんて……」

と、井筒の亭主は、弥平が帰ったあとで、怒りにふるえていた。

十五両といえば、現代の価値感覚でいうと百五十万円ほどになろうか。

わずかな金とはいえぬが、だからといって殺人を犯してまで奪い取る金高ではない。

「まあ、あんなによくできた御主人も、めったにござんすまい。奉公人は、みんな、自分の父親が亡くなりでもしたように泣きくずれているそうで……」

と、離れへやって来た井筒の亭主が、藤枝梅安にいった。

「五十になるやならずで、まだ、こころ残りもありましたろうに……」

「それで御亭主。何か、手がかりはつかめたのか？」

「いいえ、田町の親分がいうには、まったく、それが……」

「つかめぬという……」

「はい」

「ふうむ……」

聞いている梅安の傍《そば》で、彦次郎は黙念《もくねん》と酒をのんでいた。

「なにしろ、凄い手ぎわだったそうで。親分もいっておりましたよ。なまなかな剣術では、とても、あれだけに人を斬れるものじゃあないそうで……」

「そういうものかねえ」

現代とちがい、百七、八十年も前のそのころには、科学捜査というものがまったく開発されていない。

目撃者がなく、証拠の物件が残されていない犯罪を解決するのは、想像以上に至難なことだったのである。

主人が出て行ってから、梅安は盃の冷えた酒を、口へふくみかけてやめたまま、凝《じっ》と考えこんでいる。

「梅安さん……」

「……………」

「もし、どうしなすったえ?」

「彦さん。私の、いのちの恩人は、とんでもないやつだねえ」

「だれが見ても、ね」

「十年前の、鳥居峠のときは、斬って捨てた侍たちのふところなぞ、見向きもしなかったよ」

「そいつは、梅安さんがいたからだ」

「いや、もしも私が邪魔なら、たちどころに斬り殺していたろう」

「なるほど……」

「だから彦さん。あのときの井坂権八郎には、すくなくとも、私の危難を助けてやろうという気持ちが、あったのではないか、な……」

「そうかも知れねえ。なにしろ、十年ひとむかしというものな。だれでも変るよ」

「私だって、十年前にはおもってもみなかったことを、するようになったものね」

「おれも、さ……」

見合わせた二人の眼と眼が、暗く沈んだ色をたたえて、しばらくは二人とも、むっつりと黙りこんでしまった。

庭で、猫が鳴いている。井筒の飼猫《かいねこ》であった。

おもんは、髪を結《ゆ》いに行ったらしい。

昨夜、彦次郎が井筒へもどったのは、四ツ半（午後十一時）をまわっていたろう。井筒では戸締りをしてしまったが、彦次郎は庭づたいに、梅安の離れへあらわれた。

「ほんとうかね？」

彦次郎から、すべてを聞いて、さすがの梅安も瞠目《どうもく》した。そして今度は、自分が隠れ部屋から見聞きしたことを彦次郎に語ったのである。

彦次郎は、井坂権八郎の住居をつきとめて来た。

「根岸《ねぎし》の、円光寺《えんこうじ》裏の小さな家でね。ちょいと、しゃれた造りの家だよ、梅安さん」

「若い侍《の》は、先に帰っていたかね？」

「そこまでは見とどけなかったが、灯りがついていたっけ。井坂が入るのを見て、すぐにもどって来た。そこまでが精一杯だったよ。冷汗《ひやあせ》のかき通しだったものな」

「御苦労さん、すまなかったね」

「なあに……」

その彦次郎が、いま、沈黙を破って、こう呟《つぶ》やいた。

「あいつは、何度も何度も、昨夜のようなまねをして来やがったにちげえねえ」

梅安は、ちらりと彦次郎を見やったが、何もいわなかった。

「だから、金に困らねえのだ。それでさ、自分が殺した人のせがれを、小汚《こぎた》ねえ色の道へ引きずりこんで、なぐさみものにしていやがる。どうも、大変なやつだ」

梅安、こたえず、

「およそ、察しがつくよ。ああいう野郎のすることは……あの野郎のために、どれだけ多くの人が泣いたか知れねえとおもうよ、梅安さん……」

いいさして彦次郎が、

「へっ……」

自嘲《じちょう》の笑いをもらし、

「こんな、たいそうなことをいえたものじゃあねえのに……このおれがさ」

梅安は、だまりつづけている。大きく張り出した額《ひたい》の下の、小さな眼は閉じられていた。

日がかたむくにつれて、急に冷えこみがきびしくなった。

藤枝梅安は、彦次郎を見て、さびしげな微笑をうかべ、

「彦さん。品川台町へ来ないか？」

「お帰んなさる？」

「うむ」

「そりゃあいいが、おもんさんがさびしがりますぜ」

「そんなことは、彦さんの心配することではない」

梅安は自分で離れを出て行き、町駕籠を二挺《ちょう》、よんでもらった。

六

それから、十日たった。

あれから彦次郎は、品川台町の梅安宅へ一泊し、塩入土手下の自分の家へ帰って行った。

いまごろは、表向きの職業であるふさ楊子《ようじ》をつくるのに精を出しているにちがいない。

梅安もまた、一所懸命に鍼《はり》の治療をつづけ、完全に鍼医者としての自分にもどっている。

「よく、はたらきなさるもんだねえ」

と、手伝いの老婆・おせきもあきれるほどに、梅安は近辺の患家をまわり、自宅へ来る患者を治療し、倦《う》むことを知らなかった。

その夜……。

梅安は、ひとりで、おそい夕餉《ゆうげ》の膳に向っていた。

春の足音は、いったん遠退《とおの》いたらしい。

毎日の底冷えが強《きつ》く、ことに今夜は、

(雪になるのではないか……)

と、おもわれた。

梅安は、鍋へ、うす味の出汁《だし》を張って焜炉《こんろ》にかけ、これを膳の傍へ運んだ。

大皿へ、大根を千六本《せんろっぽん》に刻んだものが山盛りになってい、浅蜊《あさり》のむきみもたっぷりと用意してある。

出汁が煮え立った鍋の中へ、梅安は手づかみで大根を入れ、浅蜊を入れた。千切りの大根は、すぐに煮える。煮えるそばから、これを小鉢に取り、粉山椒《こなざんしょ》をふりかけ、出汁と共にふうふういいながら食べるのである。

このとき、酒は冷のまま、湯のみ茶わんでのむのが梅安の好みだ。

そこへ、彦次郎がやって来て、

「とうとう、落ちて来ましたぜ」

と、告げた。

窓を開けてみると、雪がほたほたと降りはじめていた。

「なんといっても春の雪さ。息がつづきますめえよ」

「さ、ひとつ、どうだ」

「ありがとう。こいつは、うまそうだね、梅安さん」

「浅蜊と大根……よく合うものだね」

彦次郎は、台所から箸と小鉢を取って来て、すぐに食べたり飲んだりしはじめながら、

「越後屋のね、御内儀が死んでしまったそうだよ、梅安さん」

「え……？」

「御亭主が、あんなにむごい死様《しにざま》をしたので、おどろいて、悲しんで、心ノ臓が悪くなったらしい。あれから三日目に亡くなったそうだ」

「ふうむ……」

「越後屋は大変らしい。ずっと店を開けてねえということだ」

さらに、彦次郎は、つぎのようなことを梅安につげた。

今日、浅草観音の参道にある卯の木屋へ、ふさ楊子をおさめての帰途、観音境内で、彦次郎は井筒の亭主・与助に出合った。

与助にさそわれ、彦次郎は奥山の亀玉庵《きぎょくあん》という蕎麦《そば》屋へ入り、二人して酒をのんだのだが、そのとき、与助が、

「今朝、田町の親分がお寄《よ》んなすってね……」

「へえ。此間《このあいだ》の越後屋殺しの一件ですかえ？」

「うんにゃ、別口《べつくち》なのですよ」

「へ……？」

「亀戸《かめいど》の玉屋という料理茶屋で、浅草新寺町の書物問屋の和泉屋《いずみや》さんが、本所相生町《あいおいちょう》の、本多内蔵助《ほんだくらのすけ》様の御用人で、細井孫四郎という人をお客に招きなすったそうで……」

「ほう……」

「ところが、その夜、細井御用人が駕籠で玉屋を出て、天神川の道で……」

「斬られた……？」

「そうなので。越後屋さんのときと、同じ手口だと、田町の親分がいってなすった。まったく彦次郎さん。物騒《ぶっそう》でかなわない」

「いつのことですね？」

「一昨日《おととい》の晩だそうで」

本多内蔵助といえば、八千石の大身《たいしん》旗本である。その用人をつとめる細井孫四郎は、当夜、和泉屋から六十五両の大金を受け取ってい、これを奪い取られたそうな。

その大金が、どんな性質のものかは、このさい、問題ではない。

「田町の親分も、顔色が変っていなすった……」

と、井筒の亭主が彦次郎にいったそうである。

藤枝梅安は、熱い飯に、鍋の大根と浅蜊を出汁ごとかけまわし、これを三杯も食べた。

彦次郎は、茶わん酒をのみつづけている。

「彦さん……」

箸を置いた梅安が、よびかけた。

「なんです？」

「明日、井坂権八郎の隠れ家を見せてくれぬか」

「見て、どうなさる？」

「見てからのことだが……」

　すると、彦次郎が、

「手段《てだて》がむずかしいよ、梅安さん」

「何の手だて……?」

「井坂権八郎というやつは、魔物だ。こっちの仕掛けがむずかしいということさ」

「何も、仕掛けるとはいっていない。私の、いのちの恩人の隠れ家へ案内してくれとたのんでいるのだ」

「会いなさるつもりかえ?」

「さて……」

「会って、どうなさる?」

「彦さん、お前、気が昂《たか》ぶっているようだね」

「そうとも」

　と、彦次郎が活《かっ》と眼をむいた。

「おれは、やっつけてえのだ。ああいう、井坂みてえな浪人者を見ると、たまらなくなる。むかし、馬込《まごめ》村で百姓をしていたとき、おれの女房を、撲《なぐ》り倒されたおれの目の前で、なぶりものにした浪人どもの面《つら》と、一つになってくるのだ」

　そののち、彦次郎の女房は、彦次郎との間に生まれた小さな女の子を道づれにし、くびを括《くく》って死んでしまったことを、すでに梅安は、彦次郎の口から聞かされている。

「彦さん……」

「なんです、梅安さん」

「私も、いのちの恩人を仕掛けたくはなかったが……こうなっては、仕方もないね」

「手つだって、おくんなさるか？」

「いまの私には、井坂権八郎よりも、彦さん、お前のほうがたいせつな人だからね」

「ありがてえ」

「いいとも」

「だが、梅安さん。今度は二人とも、返り討ちに合うかも知れねえ」

「そうだな……それでも、いいではないか、彦さん」

七

翌朝。藤枝梅安は彦次郎と共に、台町の家を出た。

その日も、翌日も帰って来ない。

「先生は、どこへ行っておしまいなすったのだ？」

尋ねる患者に、おせき婆さんが、

「いったん出たら、もう、わからないよ。お前さんたちが、どこかから、きれいな嫁《よめ》さんでも見つけて来てやりな。そうすりゃあ、先生の腰も落ちつくだろうよ」

と、こたえたものだ。

梅安と彦次郎は、まる四日の間、根岸にある井坂権八郎の隠れ家を探《さぐ》った。

この間、二人は、夕暮れになると、金杉上町《かなすぎかみちょう》の通りにある〔亀彦《かめひこ》〕という飯屋へあらわれ、ゆっくりと時間をかけ、酒食《しゅしょく》をしている。

それから二人は、三ノ輪を経て塩入土手下の彦次郎の家へ帰った。

梅安は、目と鼻の先の〔井筒〕へ、一度も足を運ばなかった。

梅安の指図を受けながら、彦次郎は、いつもふさ楊子を削っている仕事場で、何やら細工物をはじめた。

木を削り、鋸《のこぎり》で切り、丹念に組み立て、釘を打ち、一抱《ひとかか》えほどの箱を造った。

これは、食物や食器を運ぶ〔岡持《おかも》ち〕のようなものである。蓋《ふた》も造った。

出来あがってから、梅安が、岡持ちの蓋へ〔亀彦〕と筆太《ふでぶと》に書いた。

金杉上町の飯屋・亀彦で使っている岡持ちを、二人は飲んだり食べたりしながら、見ておき、それをまねて造ったのである。

〔亀彦〕がある通りは、千住大橋を経て、日光・奥州両街道へ通ずる往還《おうかん》だし、日中はむろんのこと、夜に入っても人通りが絶えず、さまざまの店へ灯が入って、宵《よい》ノ口《くち》はにぎやかだ。

いまは行方知れずとなっている小杉十五郎が、よく出かけていた蜆汁《しじみじる》と泥鰌《どじょう》が売りものの〔鮒宗《ふなそう》〕は、同じ通りを、もっと上野の方へ寄った坂本三丁目にある。

井坂権八郎の隠れ家は、金杉上町の横道を西へ、曲がりくねって入って行き、木立と田圃《たんぼ》にかこまれた根岸の里にあった。

──ここに、井坂が宮部数馬と二人きりで暮していることは、あきらかであって、日に一度は、井坂の姿を見ることができた。

細道をへだてた松の木立の中から、梅安と彦次郎は、隠れ家を見まもり、あたりの地形を充分にのみこんでいる。

数馬は、めったに、外へ姿を見せぬ。

井坂が石井戸から水を汲みこんだり、風呂をたてたりしていた。

井坂も、外出《そとで》をするようなことは、めったにない。

ただ一度、金杉の通りへ出て、煙草や紙などの買物をしたきりである。

「あいつら、中へ引きこもったきりで、何をしていやがることか……てっ、汚ねえ、汚ねえ」

と、彦次郎は顔をしかめ、何度も唾《つば》を吐いた。

ところで、この二人、食事はどうしているのだろうか……。

るらしい。

ときに、朝などは、台所から煙りが出ているところを見ると、二人して飯をたくこともあるらしい。

だが、彼らが口にする物のほとんどは、表通りの〔亀彦〕から出前されるのである。

おそらく井坂権八郎は、この隠れ家へ住みついてから、亀彦へたのみ、日に一度、食事をとどけさせることにしたのであろう。外出をして食べぬときは、出がけに立ち寄り「今夜は要らぬ」と、ことわればよい。

隠れ家は、うしろの円光寺の持家らしい。

なんでも、むかし、檀家《だんか》だった人が隠居所に建てたものを、その人が亡くなってのち、土地ぐるみ円光寺へ寄進したのだそうな。それを井坂が借り受けている。

北側の細道に面して垣根があり、その向うに竹藪と、石井戸、台所の戸口の一部が見えた。

入口は、垣根に沿って西へまわったところにあるが、亀彦の若い者は垣根をまたぎ、いきなり台所へ、岡持ちの食物を運び込むのである。

梅安が、彦次郎の家へ泊りこむようになってから六日目の朝が来た。

もう、なんといってもちがう。

二枚重ねていた掛蒲団《かけぶとん》が、いささか邪魔になってきたようだ。

この六日の間に、二度、雨があった。

雨のたびに、気温が上り、春めいて来る。

梅安も彦次郎も、朝は、ゆっくりと床をはなれた。

その朝。

熱い味噌汁をすすりながら、彦次郎が、窓ごしに見える空へ眼を投げて、

「梅安さん。今日は雨になりそうだぜ」

と、いった。

「うむ……」

うなずいた藤枝梅安が、彦次郎を見返した。

「あまり、長引いてもいけない」

梅安が、つぶやくようにいった。

朝餉《あさげ》がすむと、梅安は、巻紙をひろげ、何やら手紙のようなものを書きはじめた。

八

雨の音が、部屋の中にこもっている。

三間きりしかない奥の間の夜具の中で、宮部数馬は深いねむりをむさぼっている。

井坂権八郎は、次の六畳の間で、ひとり、酒をのんでいた。

（数馬の躰にも、もう、飽《あ》いた……）

井坂は、胸の底で、不気味につぶやいた。

父の敵……といっても、数馬にとっては養父である。

数馬は、浜松藩士・永松佐《ながまつさ》兵衛《へえ》の三男に生まれ、六歳の折に、同藩の宮部源兵衛の養子となった。三十をこえた宮部夫婦には子が無かったからである。

ゆえに、真底から、井坂権八郎へ憎悪と恨みがもてぬ。

しかし、いったん宮部家の跡つぎとなったからには、やはり、父の敵を討たねば、国もとへも帰れぬし、宮部の家を立てるわけにもまいらぬ。これは、きびしい武士の掟《おきて》であった。

そもそも、養父と井坂は、同藩の山村瀬左衛門《せざえもん》の二男で、美少年の評判が高かった伊織を、

「わがものに……」

しようとして争い、それが原因で、井坂が養父を殺害したらしい。

このため、養父の評判もよろしくなかったのだ。

それから約十年。数馬は、養母と共に宮部家の親類へ引き取られて成長し、剣術もまなび、敵討ちの旅に出たのである。

だれも、助太刀を買って出てはくれなかった。

宮部の親類たちすら、蔭へまわっては、

「返り討ちになってしまえば、それもよい」

などと、いい合っていた。

掟をまもりぬくだけの気力も実力も、いまの侍たちはうしなってしまっている。

絶望的な旅に出た宮部数馬は、半年目に、敵・井坂権八郎にめぐり合った。

というよりも、井坂のほうが先に、東海道をのぼって行く数馬を見つけた。

数馬が十歳のときまで、井坂は浜松城下にいたのだから、よく顔を見知っている。

井坂は、その夜。近江・石部の大黒屋という旅籠《はたご》に泊っていた数馬の部屋へ潜入し、手ごめにしたのである。

圧倒的な井坂権八郎の腕力の前に、わけもなく宮部数馬は押し潰《つぶ》され、恐れ、戦慄し、日を重ねるにつれて、男色の陶酔に溺《おぼ》れこんでいったのだ。

養父母のことなどは、すこしも想い出さぬ。想い出すのは、実家の実母のみであった。

(数馬にも飽いたし……江戸にも飽いた……)

井坂は、茶わんの酒をのみほすと、立ちあがり、奥の間の襖《ふすま》を少し開け、ねむっている数馬を見た。

数馬の、若者らしい濃い体臭が、寝間にむれこもっている。

(ふ……この匂いにも飽いた……)

のである。

鞣革《なめしがわ》を張りつめたような数馬の肉体を、さんざんになぶりつくした井坂権八郎なのだ。

(さて……いよいよ、仕てのけるか……)

井坂は、刀掛けから脇差をつかみ取った。

屋内は暗い。

雨の夕暮れなのである。

(明日にも江戸を離れるからには、もう数馬は邪魔だ。邪魔だが、こいつ、ただの邪魔者ではない。殺すにかぎる)

数馬の死体は、この家の床下の土中へ深く埋めこんでしまえばよい。

井坂権八郎は、脇差をぬきはらい、奥の間の襖をしずかに開けた。

数馬は目ざめぬ。

殺す前の名残りに、この数日、井坂は、おもう存分に数馬をもてあそんだ。

数馬は深く疲れ、強烈に酔い、さらに疲れをつもらせているはずだ。

井坂は、一歩、寝間へ踏み込んだ。

そのとき、

「ええ、ごめん下さいまし。亀彦でございますが……」

妙に威勢のよい声が、台所の外で聞こえた。

(あ……もう、そんな時刻か……)

井坂は、われに返った。

（そうだ。夜が更《ふ》けてからでもよい）

寝間から出た井坂は、脇差を刀掛けへもどした。

「もし、ごめん下さいまし」

「おお……」

こたえて、井坂は台所の土間へ下《お》りた。

いつもの〔亀彦〕の若い者の声とは、ちがう。中年の男の声なのである。

井坂は、注意深く、台所の戸締りを外した。

傘をたたみ、向う鉢巻《はちまき》の男が入って来た。

井坂権八郎が見なれた岡持ちを、板敷きへ置き、

「お待遠《まちどお》さんでございました」

と、男がいった。

〔亀彦〕と書いた岡持ちを見たとき、井坂の警戒は消えた。

「何か、うまいものができたか？」

そういって、井坂が、男の肩越しに、岡持ちをのぞきこもうとした。

男がぱっと蓋をはね退《の》け、中の物をつかんで振り向いた。

亀彦の使用人の変装をした彦次郎は、岡持ちの中から、厚手の大鉢をつかみ出した。

大鉢の中身は、火のついた粉炭《こなずみ》と熱し切った灰がたっぷりと入っていた。

これを、振り向きざまに彦次郎が、井坂権八郎の顔へ叩きつけた。

井坂が猛獣のように咆哮《ほうこう》し、よろめきつつも、彦次郎へつかみかかった。

その井坂の背中へ、開けたままの台所の戸口から飛び込んで来た大男が体当りを喰わせた。

藤枝梅安である。

「うぬ!!」

横ざまに倒れた井坂権八郎は、すぐに、はね起きかけた。

その脳天へ、梅安が打ちおろした太い棍棒《こんぼう》がめりこんだ。

「う……」

仰向けに倒れた井坂の、心ノ臓めがけて、棍棒を捨てた梅安が短刀を引きぬき、一気に突き立てた。

「さ、彦さん……」

「よしきた」

岡持ちだけは忘れずに抱えこみ、棍棒も短刀もそのままに、二人は、外へ飛び出している。

これもまさに、

「あっ……」

という間の出来事であった。

物音に目ざめた宮部数馬が台所へあらわれたとき、梅安と彦次郎は早くも垣根を躍りこえ、細道の向うの木立へ駆け入ってしまっていた。

「あっ……」

数馬は、立ちすくんだ。

焼灰《やけばい》と粉炭を叩きつけられ、目鼻もわからぬ井坂権八郎は、仰向けに倒れ、息絶えていた。

その胸に突き立った短刀は、静止している。

板敷きに、藤枝梅安が置いた手紙が一通。


間もなく……。

梅安と彦次郎は、まわり道をして、三ノ輪の通りへ出ていた。

二人は、ここまで一気に走って来たのである。

「しまった……」

立ちどまった梅安が、

「私がさして来た傘を、木立の中へ忘れて来てしまったよ。ほれ、この傘は彦さんがさしていたやつだ。私も、かなり、あわてていたねえ」

「ふ、ふふ……おれもさ、梅安さん」

「どうした？」

「台所へ入って行く前に、小便をもらしちまったよ」

「へえ……彦さんが、ね」

「よっぽど、あの野郎が怖かったと見える」

「うふ、ふふ……」

「は、はは……」

「なるほど、ちょいと臭《にお》うな」

「からかっちゃあいけねえ」

梅安が、番傘《ばんがさ》をひろげ、

「彦さん。傘は一つでいいな」

「いいとも。どうせ、こんなに濡れちまったのだもの」

「股《また》の下が、ことにね」

「ときに梅安さん。あそこへ置いた手紙には、何と書いてあったのだね？」

「父親の敵を討って、早く、浜松へお帰りと、いってやったのだ。だれにも口外はせぬから、自分の手柄にしろ、とな」

「なるほど。それで、あの若造は、どうするかねえ？」

「さて、な……存外《ぞんがい》、私のいうとおりにするのではないかな」

「梅安さん。いのちの恩人を仕掛けて、どんな気持ちだね？」

「いのちの恩人にも、よりけりだ。彦さん。私は、自分の実《じつ》の妹を殺《や》った男だよ」

「あ……」

彦次郎が一瞬、息をのみ、

「そうだったね」

しんみりと、いった。

あたりは、とっぷりと暮れきっている。

三ノ輪の通りを突切り、二人は日本堤へかかった。

跣《はだし》の彦次郎が何かにつまずき、よろめきかけ、

「おっと……」

梅安がさしかけている番傘の柄《え》へ、手をかけた。

その彦次郎の手と梅安の手が、ふれ合った。

と……。

何をおもったのか彦次郎が、あわてて、傘の柄から手をはなしたものである。

藤枝梅安は、闇の中で苦笑をもらした。

その気配を敏感に察し、今度は彦次郎が、弾《はじ》けるような笑い声をたてた。

「彦さん。早く帰って、熱い酒《の》をやりたいな」

「そうだ。今夜は、うんと熱いのがいい」

梅安迷《まよ》い箸《ばし》

庭には、春も闌《たけなわ》の、午後の陽光がみちあふれていた。

生垣の向うは鬼子母神《きしもじん》の境内の杉木立が鬱蒼《うっそう》としており、彼方から、参詣《さんけい》の人びとの声が微《かす》かに聞こえることもある。

この、雑司《ぞうし》ヶ谷《や》の料理茶屋は〔橘屋《たちばなや》忠兵衛《ちゅうべえ》〕といい、徳川御三家の一、紀伊中納言《きいちゅうなごん》の〔御成先御用宿《おなりさきごようやど》〕だそうな。

なるほど、鬼子母神参道から、すこし西へ外れた場所にある表構えは立派なもので、表口には〔紀伊御本陣〕の大看板が掲《かか》げられている。

そこは、橘屋の奥庭にある離れ家であった。

藁《わら》屋根の、風雅な造りの離れ家は三間から成ってい、十間の渡り廊下が母屋《おもや》へ通じていた。

いま、身なりも人品《じんぴん》もよい中年の侍が、離れ家の庭に面した奥の間へ通されて来て、橘屋の主《あるじ》・忠兵衛の挨拶をうけている。

侍は、紀伊家の広敷用人《ひろしきようにん》をつとめている川村甚左衛門《かわむらじんざえもん》という人物で、供の者もつれずにただ一人、町駕籠に乗って橘屋へあらわれたのだ。

「念にもおよぶまいが……」

と、川村は盃をとって、橘屋忠兵衛の酌をうけながら、

「かまえて、他言《たごん》は無用じゃ。よいな」

「心得ておりまする」

「半刻《はんとき》ほどのちに、わしをたずねて、女連れの者がまいる。伊勢屋重兵衛《いせやじゅうべえ》と申す者じゃ」

「はい。お見えになりましたら、ここへ、お通ししてよろしいので?」

「そうしてもらいたい」

「かしこまりましてございます」

二人は、しばらく、ひそひそと語り合っていたが、そのうちに忠兵衛は母屋の方へ去った。

川村甚左衛門は、手酌《てじゃく》で酒をのんでいる。

開け放った障子の外には、奥庭が見えた。

若葉に風が光っている。

白い蝶が、はらはらとたゆたっているのを、川村は凝《じっ》と見つめている。

その針のような眼の光りは、妙にするどい。

と……唇《くち》もとへ薄笑いが浮かび、川村は盃を置いて小用《こよう》に立った。

この離れ家には、湯殿も厠《かわや》もついている。

小用を足して、奥の間へもどった川村が、

(や……?)

いぶかしげに、坐りかけた腰を浮かした。

目の前の障子が、いつの間にか閉めきってあり、奥庭が見えなくなっている。

あたりを見まわしたが、だれもいない。

すると障子は、だれかが庭から閉めたものであろうか……。

それにしても、おかしい。川村は障子を閉めよと命じたおぼえがないし、この暖かい日和《ひより》に閉める必要もない。

障子を閉めなくてはならぬのは、半刻後のことだ。

「はて……?」

川村は立ちあがって、障子へ近づいた。

ともかくも、開けるつもりであった。

そのとき……。

背後に、人の気配を感じて、振り向いた川村の眼へ、まるで〔海坊主〕のような大男がおおいかぶさるように、音もなく迫近《はくきん》して来た。

「あ……」

川村の叫びは、ほとんど、声にならなかった。

大男に喉をつかまれた瞬間、川村の左耳のうしろの急所へ、細い一条の光芒《こうぼう》が疾《はし》り、吸い込まれていった。

それが、川村甚左衛門の最期であった。

ほとんど、苦痛はなかったろう。

ぐったりと息絶えた川村の死体を其処に横たえてから、大男は、川村の耳へ突き刺した三寸余の針を抜き取り、懐中にしまいこんだ。

藤枝梅安である。

梅安は、坊主頭へ絹の頭巾《ずきん》をかぶり、何気もない着ながし姿であった。

素早く、あたりを見まわした梅安は、たったいま、潜入して来た奥庭へ出て、一気に生垣を躍り越え、鬼子母神の杉木立の中へ身を隠すつもりで、自分が閉めきった障子を用心深くひらき、外にだれもいないのをたしかめた。

するりと、梅安の巨体が庭へ出た。

同時に、離れ家の奥の間で、あわただしい、人の気配が起った。

さすがの梅安も、これにはあわてた。

閉めかけた障子を開け、振り向いた梅安は、床《とこ》の間《ま》の傍《わき》の小さな押入れから飛び出して来た女を見た。

(女が、押入れに隠れていた……)

それに、梅安は気づかなかった。

「きゃあっ……」

悲鳴をあげて、女は次の間へ走り込み、泳ぐように両手を突き出し、渡り廊下から母屋へ逃げて行った。

追いかけて殺す間もなかった。

いや、殺せたかも知れぬが、とっさに、梅安の躰はうごいてくれなかった。

梅安が仕掛けを請負《うけお》ったのは、川村甚左衛門のみであった。

だが、仕掛けの場面を目撃《もくげき》されたからには、

(生かしてはおけぬ……)

はずではないか。

(しまった……)

ぐずぐずしてはいられなかった。

藤枝梅安は生垣を飛び越え、杉木立の中へ走り込んだ。

一

彦次郎が、品川台町の藤枝梅安宅へあらわれたのは、その日の夕暮れであった。

梅安と同様に、仕掛人の世界ではそれと知られた彦次郎だが、このところ、表向きの〔ふさ楊子《ようじ》〕をつくるのに一所懸命らしい。

彦次郎がつくるふさ楊子は、浅草観音の参道にある卯の木屋の専売になっているほどだし、楊子を削る切出《きりだし》をつかう手さばきも堂に入ったものだ。

「ちかごろは、卯の木屋でも気をつかってくれてね、梅安さん。ふ、ふふ……賃金が上りましたぜ」

彦次郎は、うれしげに、そういった。

「これで結構、食って行けるのだから、おもしろいものさ」

梅安もまた、鍼医者として第一級の腕をもつ。

だから二人とも、好んで仕掛けをしたくはないのだが、暗黒の世界からの依頼によっては、これを断わり切れぬ。この道へ一度踏みこんだが最後、金で殺人を請負うという負い目《おめ》を消し去ることはできないのだ。

彦次郎が来たとき、梅安は小さな湯殿を、その巨体でいっぱいにしながら、入浴をしているところであった。

「梅安さん、行って来ましたよ」

「うむ……」

湯殿で、湯をつかう音が絶えた。

梅安は沈黙している。

彦次郎は台所へ行き、笊《ざる》の中の浅蜊《あさり》と、三丁の豆腐を見出《みいだ》した。

日中、ここへ手伝いに来るおせき婆さんにいいつけ、梅安が仕度させたものであろう。

「梅安さん……梅安さん」

「うむ」

「今日も、いそがしかったらしいねえ」

「このところ、手がはなせぬ病人が多くてな」

「酒の仕度をしていいかね？」

台所から、彦次郎がいうのへ、

「いいが……それよりも、湯へ入らぬか。私は、いま、出るところだ」

「いや、どうせ泊めてもらうのだから、寝しなに入れてもらいましょうよ」

「わざわざ、遠くまで、足を運ばせてすまなかったな」

「なあに……」

昨日の昼ごろに、浅草外れの塩入土手下の彦次郎の家へ、梅安があらわれ、

「実は、昨日……」

と、自分の仕掛けを女に目撃されたことをはなすや、彦次郎は、すぐさまのみこんで、

「まあ、ちょいと探って来ましょうよ」

雑司ヶ谷へ出向いてくれたのである。

梅安が湯殿から出て来ると、早くも彦次郎は、火鉢《ひばち》に小鍋をかけ、塩・酒・醬油で薄味にととのえた出汁《だし》を張り、浅蜊の剝身《むきみ》と豆腐、それに葱《ねぎ》の五分切りを杉の木箱へ盛り、酒の燗《かん》に取りかかっていた。

さあっ、と、雨の音……。

「すこし、冷えてきたね、梅安さん」

「いいところへ来てくれた」

「ちょいと風邪気味なのだ。濡れちまっちゃあかなわねえ。春の風邪は、しつっこいからね」

「よし。あとで鍼《はり》を打ってあげよう」

「ほんとうかね。すみません。お前さんの鍼ときたら、もう、たまったものじゃあねえ。生き返ったようになる」

「鍼なぞというものはな、彦さん。丈夫なうちに打っておくが本当なのだよ。薬でもそう

だ。丈夫な躰が、ひょいと疲れる。痛む。そのときすぐに用《もち》いるが本当なのだ。ところが、だれもみんな、病気にかかってから、やれ療治だ、やれ薬だとさわぎ出す。これでは効目《ききめ》がうすくなってしまう。そもそも病気というものは……」

いいさした梅安が、ふと、黙った。

「さ、つきましたぜ」

彦次郎の酌で盃をほした梅安が、酌を返して、

「ところで、彦さん。わかったかな？」

「お前さんの仕掛けを、押入れの中から見ていたという、その女は、あの橘屋の座敷女中で、名をおときというらしい」

「ほう……」

「私はね、鬼子母神門前の菱屋《ひしや》という茶店へ日暮れに入って、泊めてもらったのさ。なんでも、そこのむすめは、橘屋がいそがしいとき、手伝いに行くこともあるというので、おもいがけなく、はなしが聞けてね」

「で……？」

「お前さんが仕掛けたあと、いうまでもなく大さわぎになって、役人たちが出張って来るし、紀州様からも人が駆けつけて来る。そのとき、おときはね、こういったそうだよ」

「ふうむ……？」

座敷女中のおときは、役人の調べに対して、

「ちょうど、離れ家の前を通りかかりますと、中から、妙な唸《うな》り声が聞こえたのでございます。それで、ひょいと見ましたら、川村様が倒れておいでになったので、中へ入り、お名前を何度もよぶうちに、川村様が、がっくりとなっておしまいに……それで、怖《こわ》くなって、おもわず大きな声を出してしまいました」

そう、こたえたというのである。

これは、茶店のむすめが、橘屋の別の女中から聞いたことだそうな。菱屋という茶店は橘屋の目と鼻の先にある。

「その座敷女中の口から聞いたわけではねえが、梅安さん、こいつはどうも本当らしい。逃げて行ったお前さんを見ているというのに、一言《ひとこと》も口に出さなかったのだ。もしや、お前さんを知っている女じゃあねえのかね？」

「いや、ちらりと見たきりだが、おぼえはない。たしかに、見たこともない女だった」

「そうかねえ……」

「彦さんは、その女を見てきてくれたか？」

「いや、それどころじゃあねえ。橘屋は戸を閉めたきりだ。中では、いろいろと大さわぎらしい。何しろ、お前さんがお殺《や》んなすった侍は、紀州様の内でも羽振《はぶ》りのいい奴らしい」

梅安が、うなずく。

「どうせ、悪い奴にきまっているのだろうがね」

また、梅安はうなずいた。

気を変えて、彦次郎が、

「さ、煮えましたぜ」

「うむ……」

梅安が手に把《と》った箸《はし》は、小鍋の中へ入りかけて、ふとまた、傍の茄子《なす》の甘酒漬《あまざけづけ》をつまみかけた。

これは、おせき婆さんが自慢の漬物で、夏のさかりの茄子を水漬けの玄米《げんまい》と麴《こうじ》、塩で漬けこみ、冬から春にかけて出し、きざみこんで醬油をたらして食べる。

茄子をつまみかけた梅安の箸の先は、また、うろうろと小鍋の方へ行き、浅蜊と共に煮えかけている豆腐へ落ちた。

「迷《まよ》い箸《ばし》なんて梅安さんにも似合わねえ。どうしなすった？」

うすく笑った梅安が、豆腐を口へ入れて、

「どうも、わからぬ」

「わかるもわからぬもねえことだ。仕掛けを見た者はあの世へ行ってもらわなくてはならねえ。それがお前さん、仕掛人の本道ですぜ。いや、どうも、こんなことを梅安さんにいう柄ではねえ」

「いや、彦さん。たしかに、お前のいうとおりだよ」

二

それから三日の間、彦次郎は梅安の家にとどまっていた。

なるほど、近ごろの藤枝梅安はいそがしい。

おせき婆さんが仕度をした朝餉《あさげ》をすませると、患家への鍼療治に飛び出して行き、昼すぎにもどる。

それからは、自宅へ来る患者の療治がはじまる。

いきおい彦次郎も、これを手伝うことになる。

「いや、どうも、大変なものだね、梅安さん……」

その熱意にみちみちた梅安の療治ぶりを目《ま》のあたりに見て、彦次郎は瞠目《どうもく》した。

梅安は、あまり、口をきかなくなっていた。

日が暮れてから入浴するわけだが、そのときの梅安の躰は汗にまみれている。

ただの汗ではない。ひどい脂汗《あぶらあせ》であった。

いかに熟練の腕をもっているにせよ、人体へ鍼を刺し込む療治は、

「毛すじほどの気のゆるみも、あってはならないのだ」

と、いつか、梅安に聞いたこともあった彦次郎だが、これほどのものとはおもわなかった。

日暮れになると、藤枝梅安の巨体が、一まわりほど小さくなったように見える。

その両眼のまわりには青黒い隈《くま》が浮き出て、

「ああ……どうして、こうも患者が増えたものか……」

梅安が、げっそりしたように、彦次郎がととのえた夕餉の膳へ向うのであった。

三日の間。彦次郎は、梅安の口から何事かを聞くために泊り込んでいた。

しかし、その一事について、梅安は、ふれようとしなかった。

そこで、ついに、あきらめた彦次郎が、

「明日は、ともかくも、帰りますよ」

と、いい出したとき、梅安が、

「彦さん。いろいろと心配をかけて、すまなかったね」

「何の……」

「今日は、こころが決まったよ」

「どうりで……今夜は、迷い箸をしなさらねえもの」

「そんなに、私は迷い箸をしたかね？」

「こっちの皿へ箸を入れかけては、ふっと考えこみ、別の小鉢へ入れかけては考えこみ

「……」

「そうだったかな……」

「で、どう決まりましたえ、胸の内が……」

「やめた」

「え……？」

「あの、橘屋の座敷女中は、殺《や》らぬことにしたよ」

彦次郎は、こたえなかった。

「ふしぎだ。私を見たことをお上《かみ》へ申し立てない。そのわけがわからぬ。いずれにせよ、あの女を殺す気もちにはなれなくなった。そのために、お上の手にかかって、お仕置《しおき》をうけてもいいとおもうようになった。彦さん。もう、そろそろ、私もあの世へ行く汐時《しおどき》が来たようだ。自分の仕掛けを、女に見られるようでは、もう藤枝梅安も仕掛人とはいえぬからね」

彦次郎は、だまって盃をなめている。

梅安も、口をつぐんだ。

翌朝。

彦次郎が明るい声で、

「それじゃあまた、近いうちに……」

挨拶をして帰って行くのを、梅安は軽くうなずき、無言で見送ったのである。

彦次郎は彦次郎で、昨夜、梅安の寝息に聞き入りながら決意をかためたのであった。

（よし。梅安さんの代りに、おれが、あの女を仕掛けよう‼）

このことであった。

いままで、あの座敷女中が、梅安のことを隠しているわけは知らぬ。

知らぬが、しかし、女という生きもののたよりなさは、いつなんどき、こころが変って、梅安の仕掛けの模様を他へ洩《も》らすか知れたものではない。

（女というやつは、むかしのこともすっかり忘れてしまうし、行先のことも考えねえ。その日その日の行き当りばったりで、口もうごけば躰もうごく）

なればこそ、たとえ、お上《かみ》へ訴え出ぬにせよ、どこで、どんな相手に、ひょいと口を割ってしまうか知れたものではないのである。

女が、これまで、梅安の存在を告白しなかった事情を探るよりも、

（あの世へ行ってもらうが、いちばんだ）

彦次郎は、そうおもった。

梅安の居所《いどころ》まで知られたわけではないが、たしかに人相は見られている。それだけでも危《あぶ》ないのだ。

塩入土手下の家へ帰ると、吹矢《ふきや》の手入れをしかけたが、

（こんなものじゃあ、一息に殺《や》れねえ）

おもい直して、刃物の手入れにかかった。

その刃物は、一種の鎧通《よろいどお》しのようなものである。斬るのではなく、急所を突き刺すのだ。

そのほかに、梅安仕込みの仕掛針《しかけばり》の手入れもした。

(女一匹と梅安さんと、いのちの引き替えをされたのでは、たまったものじゃあねえ)

のである。

梅安のところから帰る途中で、彦次郎は髪結床《かみゆいどこ》へ立ち寄っている。

翌朝も念入りに髭《ひげ》をあたり、折目正しい上等の着物を身につけ、白足袋《しろたび》をはき、どこから見ても物堅《ものがた》い商家の男になりきって、彦次郎は雑司ヶ谷へ出かけて行った。

昼ごろに鬼子母神へ着くと、茶店の菱屋へは目もくれず、彦次郎は橘屋へ向った。

「ちょいと、軽く、お昼を食べさせてもらえませんかね?」

「さあ、どうぞ。おあがり下さいまし」

中年の座敷女中が、愛想よく彦次郎を迎え入れた。

あれほどの事件があったのに、かなり、客が入っている。

もっとも、鬼子母神へ参詣《さんけい》に来る人びとは何も知らないのだ。

そのころの、種々の事件は、人の口から口へつたわる以外になく、限度があった。

奥庭に面した小ぎれいな座敷へ通され、中年の女中の酌で一口《ひとくち》のんでから、

「ここに、おときさんという女《ひと》がいなすったね?」

「御存知で？」

「前に、家のものをつれて、鬼子母神様へお詣りに来たとき寄せてもらって、ずいぶん、子供たちが世話をやかせたもので……」

「まあ。さようでございましたか」

「親切な女中さんだったが、まだ、はたらいていなさるのかね？」

「はい。おりますでございます」

「そうでしたか……」

「折悪《おりあ》しく、いま、外へ出ておりまして……」

「ほう……」

座敷へ入ってすぐに、彦次郎が心付《こころづ》けをはずんだこともあって、女中の口は軽くなっている。

「あいにくと、今朝方、たった一人の弟が急病にかかったと知らせがまいりまして……それで、おときは、お暇《ひま》をもらって様子を見に行ったのでございますよ。二、三日は看病をして来るかも知れません」

「そうでしたか、ふうん……」

「何しろ、その弟が、たった一人の身寄りだということで」

「ほう……」

「その弟というのは、赤坂の、紀伊国坂下《きのくにざか》にある袋物屋で、鍵屋《かぎや》さんというお店《たな》へ奉公をしておりまして、もう二十《はたち》になるとか申しておりました」

「ふうん……」

それだけ聞けば、今日のところは、

(よし……)

と、せねばなるまい。

彦次郎は食事をすますと、駕籠《かご》をよんでもらった。

そして、帰りぎわに、

「いま、家の者が身ごもっていてね、鬼子母神様は、子供の守護神、安産の神様だというから、また、近いうちに来ますよ」

中年の女中・おさきへ、そういい残すのを忘れなかった。

駕籠へ乗るや、彦次郎は、

「急いで赤坂へ行っておくれ。紀伊国坂下だよ」

と、駕籠舁《か》きへいった。

三

「ふうむ。そりゃ、いけませんねえ。いけないけれども、私が、よく知っている先生にかかったら、たちまちに良くなるのだがなあ」

と、下駄屋の金蔵《きんぞう》がいった。

赤坂・紀伊国坂下の袋物屋〔鍵屋利助《りすけ》〕方の台所につづいた板の間で、金蔵は出された茶をのみながら、鍵屋の内儀の小間使《こまづかい》をしているおみつとはなしていた。

鍵屋の袋物は評判がよく、ことに煙草入れと鼻紙入れは京都へ注文をして取り寄せ、高級の誂《あつら》え物も引き受け、近辺の大名屋敷への出入りもすくなくない。

店構えは小ぢんまりしたものだが、当代の利助は鍵屋の五代目にあたるとかで、このあたりでは知られた店なのである。

品川台町に住む金蔵の女房おだいは、金蔵に嫁《とつ》ぐまでは鍵屋で女中奉公をしていた。

そういうわけで、いまも金蔵夫婦は鍵屋へ出入りをしているし、主人《あるじ》の利助が、品川台町の菓子舗・翁屋《おきなや》で売っている〔初夢煎餅《はつゆめせんべい》〕が大好物なので、折にふれて女房が、これを買って来ては、

「お店《たな》へ、とどけておくんなさいよ」

と、金蔵にたのむのであった。

今日も金蔵は、初夢煎餅をとどけに来た。

すると、奥から煎餅の代金と、金蔵へ心付けが出るので、

（それが、たのしみでないこともない）

金蔵なのである。

代金と心付けを金蔵へわたし、はなしの相手をしていたおみつが奥へ小走りに去って間もなく、

「金蔵かえ。いつもすまないね」

奥から、内儀のお浜があらわれ、

「旦那は、いま外へ出ていなさるが、帰って来て、よろこびなさるだろう。ありがとうよ」

「とんでもないことでございます」

「おだいや、子供に、変りはないかえ？」

「へえ。おかげさまで……」

「それは何よりだね。ところで、いま、おみつから聞いたのだけれど……」

「へえ、へえ。手代《てだい》の、宗太郎《そうたろう》さんが躰をこわしたそうで……」

「そうなのだよ。熱がひどくて、物を食べないし、昨日から吐気《はきけ》がひどくて、ときどき、ふっと、気をうしなってしまうし……それで旦那も心配なすって、お医者さまに来てもらって

いるのだけれど、どうも、はかばかしくないのだよ」

「いえ、ですからね。私も、以前、ちょうど、そんなぐあいで……」

「ああ、そのことは耳にしたけれど……いまは、すっかり元気におなりじゃないか」

「へえ。こんなに元気になりましたのも、その先生のおかげだと、いま、おみつさんにはなしたところなのでございますよ」

「鍼《はり》の、お医者さまだって？」

「へい。藤枝梅安先生とおっしゃいましてね、まるで、相撲取りのように大きな躰をしておいでなんですが、鍼の名人でございます」

「そうかえ……」

内儀は、ちょっと考えていたが、

「昨日は、様子が変になったので、宗太郎の姉にも来てもらい、看病をさせているのだけれど……ねえ、金蔵。どうだろう、その藤枝先生に診《み》ていただけまいかね？」

「そりゃ、もう、私から、おたのみをすれば……」

「来て下さるかえ？」

「大丈夫でございますとも」

金蔵は、胸を張って見せた。

「宗太郎は、行末見込みのある男《こ》だし、それだけに旦那も心配なすって……先刻《さっき》も、出がけに、お医者さまを変えてみようか、なぞといっておいでになったことだし……」

「もし、よろしければ……」

「ちょっと、お待ち」

内儀は、また、奥へ入った。

金蔵が台所の下女たちに冗談をいっていると、ふたたび内儀が、二十四、五に見える女をつれて、あらわれた。

「金蔵や。これが宗太郎の姉で、お前さんのはなしをつたえたら、ぜひ、おねがいをするということなのだよ。お前さんといっしょに、その鍼の先生のところへ、おねがいに行くというのだけれどね」

「さようですか。へい、ようございます」

女が、手をついて、

「おときと申します。どうぞ、よろしくお願いを申します」

と、あいさつをした。

彦次郎は、紀伊国坂下で駕籠を乗り捨てた。

目ざす鍵屋利助の店舗は、すぐにわかった。

(さて、どうしてくれようか……?)

なんといっても、橘屋の座敷女中おときの面体《めんてい》を、しかと見とどけておかなくてはならぬ。

鍵屋の店の筋向いに、利休庵《りきゅうあん》という蕎麦《そば》屋があるのを見て、

(急《せ》いても、はじまらねえ)

そこへ入って、酒をのみながら、それとなく鍵屋の様子を窺《うかが》うつもりになった。

で……利休庵へ足を向けかけたとき、鍵屋の店構えの傍の、勝手へ通ずる通用口の戸が開き、男女ふたりが道へあらわれた。

それを見た彦次郎は、

(女のほうは、たしかに、おときだ)

と、直感した。

小柄だが、ひきしまった躰つきで、何よりも髪かたちや、身につけている着物《もの》が、物堅い商家にいる女のものではない。

さすがに化粧《けしょう》の気《け》はなく、顔色も青ざめ、疲れが浮いて出ていたが、

(男好《ず》きのする女だ)

と、彦次郎は看《み》た。

名の通った料理茶屋で、多くの客を接待する明け暮れが、身のこなし一つにも沁《し》みついてい、連れの男が、すっかり上気している。

この男が、下駄屋の金蔵だとは、すこしも知らぬ彦次郎であった。

金蔵が梅安の療治をうけていたころ、彦次郎もたびたび梅安宅へあらわれていたのだが、一度も顔を合わせていない。

彦次郎は、二人の後をつけはじめた。

(どこへ行きゃあがるのか?)

である。

ときに、八ツ半（午後三時）ごろであったろう。

めっきりと日が長くなって、春の陽光は、その時刻のものとおもえぬほどであった。

牛啼坂《うしなきざか》を上って行く金蔵とおときのうしろから尾行する彦次郎が舌打ちをした。

(連れの男がいて、まだ、日が高《たけ》えうちは、どうしようもねえ)

のであった。

二人は、赤坂から麻布へ出た。

(どこへ、行くつもりなんだ?)

麻布の三ノ橋をわたった金蔵とおときが、三田寺町から台町へぬけ、二本榎《にほんえのき》の通りへさしかかるのを背後から見て、

(こいつ、どうも……?)

彦次郎の胸が、さわぎはじめたのもむりはなかったといえよう。

二人は、一足ごとに、藤枝梅安宅へ近づいているといってよいのだ。

彦次郎の目が、しだいに殺気をおびてきた。

(あの男は、もしやすると、どこかの御用聞《ごようき》きかも知れねえ。だが、それにしちゃあ、身なりがそぐわねえが……)

二本榎から白金猿町《しろかねさるまち》へ……そして白金台町の通りを行く二人の後をつける彦次郎の胸は、いよいよ高鳴るばかりだ。

坂道となった右手に、雉子《きじ》の宮《みや》の社《やしろ》の木立が近づいて来る。

梅安の家は、もう、目と鼻の先であった。

四

おときは、本所の北松代裏町《きたまつしろうらまち》に住んでいた煙管師《きせるし》・音五郎《おとごろう》の子に生まれた。

母親は、弟の宗太郎が六つのときに病歿《びょうぼつ》してしまい、そのとき、まだ少女だったおときが、母親がわりとなって宗太郎を育てたといってよい。

父親の音五郎は酒も女もやらぬ男で、後妻をもらう気など、さらさら無かった。好きなのは博奕《ばくち》で、諸方の博奕場へ出かけて行っていたようだが、二人の子にひもじいおもいをさせたことはない。

煙管師としての音五郎は、なかなかによい腕をもっていたらしく、尾張町一丁目にある煙管所《どころ》・柳屋平兵衛《へいべえ》方へ品物をおさめていたが、そのほかにも、たとえば、紀伊国坂下の袋物屋・鍵屋を介《かい》して特別誂《あつえ》えの煙管をつくることもあった。

宗太郎が十三になったとき、鍵屋へたのんで奉公させることができたのも、こうした縁があったからだ。

そのとき、おときは十八になっていた。

「さあ、今度は、お前の番だ。長らく、苦労させたから、おれがきっと、いいところへ嫁に行かせてやる」

などと、音五郎は博奕場通いもふっつりとやめ、仕事に精を出すようになった、その矢先に急死をしてしまった。

のちにわかったことだが、心ノ臓が、かなり弱っていたらしい。

(一度も、病気で寝たことなんかなかったのに……)

おときは、茫然《ぼうぜん》となった。

親類もあまりいなかったし、たとえいたとしても、独《ひと》り法師《ぼうし》になってしまったおときを引き取り、面倒を見てくれるわけがない。

ぼんやりと日を送るうちに、年が変って、おときは十九になった。

鍵屋では、何度も、

「うちへおいで」

といってくれたのだが、弟と同じところへ奉公をしたのでは、何かにつけて、弟も気《き》兼《が》ねをするにちがいないと、おときは考えた。

ちょうど、そのとき、雑司ヶ谷の料理茶屋・橘屋のあるじ忠兵衛が、本所の家を訪ねて来て、

「おや……音五郎さんは亡くなってしまったのかえ」

がっかりしたようにいった。

煙管道楽の忠兵衛は、年に一度ほどあらわれ、いろいろと面倒な注文をするものだから、

「橘屋の旦那は小《こ》むずかしいことばかりいう。まったく嫌《いや》になっちまうが、収入《みいり》がいいものだから、つい引きうけてしまうのだ」

と、音五郎が、よくこぼしていたものだ。

これまでに何度か、おときも橘屋忠兵衛を見ていただけに、

「ふうむ、そうかえ。それはどうも気の毒な……」

忠兵衛は、一年見ぬ間に、見ちがえるほど女らしくなったおときへ、するどい一瞥《いちべつ》をくれたが、すぐに笑顔をつくり、いろいろと事情を聞いた上で、

「蓄《たくわ》えもないというのでは心細い。ここに、いつまでも一人暮しをしているわけにはいくまい？」

「そうなんでございます」

「どうだね。私のところで、はたらいて見る気はないかえ？」

一人前の座敷女中になれば、心付けも少なくない。いや、橘屋では客の心付けを女中にあたえるかわり、給金を出さぬ。いえば、女中の腕しだいで収入も増える。

そう聞いて、おときは、やり甲斐《がい》のあるはたらき場所だとおもった。

それでも、三日ほど考えぬき、自分の一存《いちぞん》で、橘屋へ身を移したのであった。

早いもので、それから六年の歳月がながれている。

この六年の歳月の重味というものは、おときにとって相当なものであった。

おときのような身の上になった女は、世の中にいくらでもいようし、同じような経験をもつ女も少なくはないだろう。

しかし、おときにとっては、もはや、どうしようもない六年の歳月が、

(私の一生を決めてしまったようなものだ)

と、おもわざるを得なかったろう。

おときは、もう、嫁《とつ》ぐことをあきらめていた。

当時の二十五の女は、もはや年増《としま》である。

それに、座敷女中をしていれば、ぬきさしならずに何人かの男と情事を重ねてもきたし、それがまた、おときに実入《みい》りをもたらしもする。

（そうだ。いずれ、宗太郎が鍵屋さんからのれんを分けていただき、一人前になったとき、それまでに貯《た》めておいたお金《たから》を宗太郎にあげて、私も引き取ってもらい、宗太郎をたすけて、はたらこう。いえ、宗太郎がもらった嫁には親切にしてやって……いえば、私が宗太郎の母親がわり、嫁とも仲よくして……）

と、このごろのおときは、そうきめていたのだ。

宗太郎も会うたびに、

「のれんを分けていただいたら、きっと、姉さんに来てもらう」

と、いってくれている。

（それまでに、精いっぱい、稼《かせ》いでおかなくては……）

おときは、気負《きお》いこんでいたのである。

女にとって、

「たった一人の弟は、我子《わがこ》よりも可愛ゆい」

ということだ。

子をもたぬおときだが、まさに、その実感が切実であった。

五

おときと下駄屋の金蔵が藤枝梅安宅へ入って行くのを見とどけた彦次郎のおどろき……というよりも、困惑は一種、名状《めいじょう》しがたいものであった。

（こいつは、一体、どうなっているんだ？）

あわてて、裏手へまわった。

男が、もし、どこかの御用聞きだとしたら、一応、家の中の様子をうかがい、女を外へ待たしておき、十手《じって》でも抜き出して飛びこんで行くはずだ。ところが男は、まるで知り合いの家へでも来たかのような心やすさで入って行った。

それに、どう見ても金蔵は、お上《かみ》の御用をつとめるような男におもえなかった。

勝手口から、手伝いのおせき婆さんが帰り仕度であらわれ、うろうろしている彦次郎を見るや、

「おやまあ、彦次郎さん。どうしなすったんですよ？」

「いや、その……梅安さんは、いなさるかえ？」

「いまやっと、一区《ひとく》切《ぎり》ついたとおもったら、下駄屋の金蔵が女の客をつれて来てね。梅安先生がもういいというので、おらあ、もう帰《けえ》るところさ」

「じゃあ何かい。いま入って行った男は、下駄屋……」

「あいよ。この近くに住んでいて、前《めえ》に、うちの先生のおかげで命拾《いのちびろ》いをした大酒のみだよう」

「うむ……」

「さ、早く、内《うち》へ入《へえ》ったらどうだね」

「ふうん……」

彦次郎は、おせきと入れかわりに台所へ入った。

婆さんは、帰って行った。

台所の板の間へ、しずかに身を屈《かが》めた彦次郎の耳へ入ってくるものは、下駄屋の金蔵の声のみである。

金蔵が、おときのたのみをつたえると、何やら梅安が一言二言《ひとことふたこと》、おときに声をかけた。

これに対し、おときは、

「よろしゅう、おねがいを……」

と、いったのみである。

その声が、微妙《びみょう》にふるえているのを、彦次郎は聞き逃《のが》さなかった。

「金蔵。お前は、もう家《うち》へ帰ってよい」

今度は、梅安の言葉が、はっきりと聞こえた。

「私は、このお方といっしょに、赤坂の鍵屋さんへ、これから行ってみよう」

「さようでございますか」

と、金蔵が、おときへ、

「お前さん。ようございましたね」

「あの……それは……」

おときの声に、不安と恐怖が綯《な》いまざっている。

(こいつは、まったく、梅安さんにとっても、あの女にも、おもいがけねえ出合いだったらしい……)

彦次郎にも、ようやく納得がいったのである。

おときのためらいを、暢気者《のんきもの》の金蔵は何と勘《かん》ちがいをしたものか、

「なあに、この先生にかぎって、心配は御無用ですよ。へへ、へ……大丈夫、大丈夫。それじゃあ、先生。ごめん下さいまし」

おときが止める間もなく、ひとりでのみこんで、玄関から帰って行ったようだ。

後には、息づまるような沈黙が残った。

その沈黙を破ったのは、

「台所にいるのは、彦さんか?」

という、藤枝梅安の声であった。

「ええ……」

屈み込んだまま、彦次郎が返事をした。

「私は、この女《ひと》の弟ごの病気を診《み》て来る。留守をしておくれか？」

「ようござんすとも」

「では、たのむ」

梅安が立ちあがる気配と同時に、おときが、何やら低く叫んだ。

「まあ、落ちつきなさい」

叱りつけるように、梅安が、

「取って食おうとはいわぬ。お前さんは、私を助けてくれたのも同然なのだ。そのお返しに、弟ごの病気を、癒《なお》せるものなら癒してあげようといっている。おわかりか？」

おときのこたえはなかった。

梅安が療治の道具の仕度にかかったらしい。

間もなく、おときは、藤枝梅安のうしろに従い、よろめくような足取りで家を出て行ったのである。

彦次郎は、裏手へ出て、おときの蒼白となった顔、たよりなげな姿を見とどけた。

おときは完全に、梅安の気魄《きはく》に圧倒されつくしているかのようだ。

春もさかりの夕暮れのことで、雉子の宮の境内では、まだ子供たちの遊ぶ声がしている。

「これでいい。これでいいのだ」

彦次郎は、ひとり、つぶやいてから、にんまりと笑い、家の中へ入った。

(あの女は、もう、蛇に見込まれた蛙《かえる》のようなものさ)

このことであった。

彦次郎は、梅安の殺意をうたがわなかった。

(飛んで火に入る夏の虫とは、このこった)

いそいそと、彦次郎は風呂桶へ水を汲みこんだり、

(さて、梅安さんは間もなく、どこかで、あの女を始末して帰って来るだろう。それまでに、酒の仕度をしておこうか……)

台所へ出て、ありあわせの野菜に目を配った。

ところで……。

藤枝梅安が帰宅したのは、夜もふけてからであった。

この間、彦次郎は心配でたまらなくなり、何度も白金台町から猿町のあたりまで、坂道を見に出た。

「一体まあ、どうしなすったのだ？」

帰って来た梅安を、彦次郎が飛びつくように迎えて、

「首尾よく、済んだのだろうね？」

「済んだよ」

「そいつは、よかった。梅安さんのしなさる仕掛けだ。女は、あっという間にあの世へ行ったろうね」

「何をいっているのだ」

「え……？」

「仕掛けたりするものか」

「だって、梅安さん……」

「私は、あの女の弟の病気を癒しに行ったのだ。癒りそうだよ」

梅安の大きな顔に微笑が浮いた。

彦次郎は、呆気《あっけ》にとられ、

「それで、お前さん……いいのですかえ？」

「もう、肚《はら》はきまっている。たとえ、この後《のち》、あの女がお上《かみ》へ訴え出て、私が御縄《おなわ》にかかり、磔《はりつけ》になっても首を打たれても、かまわぬということさ」

「な、何を、ばかな……」

「そうなるのが、当り前のことだと、お前も、いっていたではないか」

そういった藤枝梅安の顔が、まるで別人のように、彦次郎にはおもえた。

侵《おか》しがたい威厳《いげん》のようなものが、巨大な梅安の躰いっぱいにただよってい、彦次郎は二の句がつげなかった。

「彦さん。酒の仕度は、できているのだろうね？」

「う……ええ……」

「のみながら、ゆっくりはなそう。あの女のことをね……」

六

あの日、あのとき……。

藤枝梅安が、川村甚左衛門を殺害するありさまを逐一《ちくいち》見とどけたにもかかわらず、役人の取調べに対し、おときが一言《ひとこと》も梅安について触れなかったのは、かねてから、

（あんな奴は、死んじまえばいい）

と、おもっていたからだ。

離れ家の、床の間の傍の小さな押入れの中で、突如、微風のように庭先からながれ込んで来た梅安が、厠からもどった川村を一瞬のうちに殪《たお》すのを見たときは、驚愕のあまり声も出なかったおときだが、梅安の躰が庭へ出たとき、

「もう、たまりかねて……」

押入れの戸を開け、逃げ出したのである。

これは、梅安への恐怖であって、川村の死とは無関係のことだ。

「私も、殺されるのじゃないかと、おもったんでございます」

おときは、梅安に、そういった。

川村甚左衛門が殺されて、

(ざまあ見やがれ)

と、おもったのは、母屋へ駆け込み、離れの異変を人びとに告げるのと、ほとんど同時であった。

まるで、

(あの大きな男が、自分の代りに、あいつを殺してくれたんだ。いえ、自分ばかりじゃあない。川村甚左衛門のために、これまで、どれだけの人が泣きを見たか知れやしない。そういう人たちに代って、あの大男が殺してくれたんだ……)

としか、おもえなくなり、おときは、梅安に不利なことを一つもいうまいと、こころを決めたのである。

おときは、川村甚左衛門に三度も、躰をあたえている。

橘屋の座敷女中で、中年以下の女のほとんどが、色好みの川村の餌食《えじき》になっているそうな。

どの女中も、好んで川村に抱かれたのではない。仕方なく、抱かれた。

主人の橘屋忠兵衛に強要されれば、仕方もなかったのだ。

座敷女中たちは、この主人に対して、強要をはねつけることができぬ弱味をもっている。きまった給金がなく、客の心付けをたよりにはたらいている女中たちは、客からまとまった金を出され、情事の相手にえらばれると、ついついさそわれてしまう。もっとも、女中たちにも相手を選ぶ権利がある。

（どうしても嫌な客とは、寝るものか……）

これが、料理茶屋の女中の自負心《じふしん》でもあった。

しかし、女たちへは一文《もん》も出さぬ川村甚左衛門の欲求を、橘屋忠兵衛は拒《こば》むことができない。

自分の店が、紀伊家の〔御成先御用宿〕の指定をうけているだけのことではない。

とはいえ、雑司ヶ谷に立ちならぶ料理茶屋の中で随一《ずいいち》の格式を誇《ほこ》っているのも、この〔金看板〕あればこそだ。

紀州和歌山五十五万五千石・紀伊中納言《きいちゅうなごん》は、いわゆる徳川御三家の一で、藩祖は初代将軍徳川家康の子・頼宣《よりのぶ》である。

川村甚左衛門は、この大藩の広敷用人をつとめていた。紀伊家の広敷用人は、藩の内政を総理し、奥御殿・奥女中を我手に管理する。他家の同じ役目よりは相当に権力をあたえられているらしい。

それだけの身分のある川村が、折にふれ、単身、駕籠を乗りつけて橘屋へあらわれ、さまざまの女と密会をしたり、主人の忠兵衛と密談をかわしたり、そうかとおもうと、同じ紀伊家の家臣たちと内密の会合をおこなったりする。

「あの人たちが、どんなことを、ひそひそとやっているのか、それはよく存じませんけれど……」

と、おときが梅安に、ようやくいい出した。

弟・宗太郎の療治に全力をつくした梅安と、病間の次の小部屋で、二人きりになってからである。

「いずれにしても、あの人たちのしていなさることは、色と欲とにからんだことばかりなんでございます。紀州様という大世帯《おおじょたい》を、みんなで喰い物にしているんでございましょうよ」

そういってから、おときは、わずかに目を伏せて、

「うちの旦那は別でございますけれど……」

と、何か、いいわけのように低い声でつけそえたのである。そのおときの声は梅安の耳に

「うちの旦那も同じ穴の貉《むじな》なんでございます」

としか、聞こえなかった。

座敷女中たちは、川村のおもちゃになることを嫌がったが、これまでに、客との密会のため、橘屋忠兵衛にいろいろと便宜《べんぎ》をはかってもらい、座敷や離れ家を利用させてもらっているからには、

「みんな、はねつけられなかったんでございます。あいつは……いえ、川村は、そりゃもう、女たちにひどいまねをいたしました。まるで、けだものなんでございます。あいつは……」

「で……あのとき、お前さんは、どうして、押入れの中にいなすったのだね？　また、川村甚左衛門の相手を……」

「いいえ、そんなんじゃあございません」

「すると……？」

「あるじに、いいつけられたんでございます」

「橘屋忠兵衛が、お前さんに、あらかじめ、あの押入れの中に入っていろ、と？」

「はい。そして、訪ねて来るお客と川村とが、どんなはなしをするか、しっかりと聞いておくようにと、いいつけられたんでございます」

梅安の、大きく張り出した額の下の両眼が、ふっと閉ざされた。そのままで、梅安が、

「お前さんは、橘屋忠兵衛の寝間の相手もしなすったか？」

「いいえ……とんでもないことでございます」

あの離れ家の押入れは、内側から桟《さん》を掛けてしまうと、外から戸を開けることができないようになっている。だが万一、戸が叩き破られた場合、押入れの中に、もう一つ、逃げこむ場所が用意されている。つまり押入れの中に、もう一つ戸があり、そこを開けて向うへ逃

げ、桟をかけると、その戸は壁のようにしか見えぬ。

これは、あきらかに、離れ座敷の会話を盗み聞きするためのものといってよい。

当日。

川村甚左衛門を訪ねて来るはずの客は、伊勢屋重兵衛という者で、

「女連れだとか、申しておりました」

「女連れ……」

「はい」

「橘屋へは、はじめての客かね？」

「私は、存じませんし、ほかの女中たちも聞いたことがないような人でした」

「そして、私が川村を殺したあとで、その伊勢屋重兵衛が橘屋へあらわれたのだろうね？」

「それが……」

声をのんだおときが、かぶりを振って見せた。

「あらわれなかったのか？」

「はい」

もっとも、おときの悲鳴で、橘屋は大さわぎとなり、やがて役人も駆けつけて来たのだから、橘屋の前まで来た伊勢屋重兵衛が敏感に異変を知って、そっと引き返して行ったとも考えられる。

だが梅安は、その伊勢屋重兵衛という男の背後には、自分に仕掛けをたのんだ音羽の半右衛門の目が光っているように感じられた。

帰りぎわに、藤枝梅安は、

「おときさん。お前さんは当分、弟の看病をせねばならぬということにして、この鍵屋さんからうごかぬほうがよい。外へも出ぬことだな」

と、念を入れた。

おときの目が、不安そうにまたたいた。

「お前さんは、これまでに、橘屋忠兵衛にいいつけられて、あの押入れの中で盗み聞きをしたことが何度かある。そうだろうね？」

おときが、はっと顔《おもて》を伏せた。

「お前さんは口が堅いので、忠兵衛が信用をしていたらしい。ちがうかね？」

おとき、こたえない。

「忠兵衛は、そうしたお前さんに、そっと金をくれてもいたろうね。お前さんは忠兵衛の、大事な隠し耳だったのだから……」

「もし、先生……」

「何だね？」

「藤枝先生は、何で、川村甚左衛門を……」

「殺したか、というのかね？」

「はい」

「川村から、ひどい目に合って死んだ人の敵討《かたきう》ちをしたのさ」

「まあ……」

梅安は、香具師《やし》の元締・音羽の半右衛門から、なんと金百五十両という破格の仕掛料で、殺しを請負《うけお》ったのである。

梅安は、半右衛門の依頼を信用している。

半右衛門は、こういった。

「川村という奴こそ、一日も、この世に生きていては、いけない奴なんでございますよ、梅安先生」

あの日、あのとき……。

川村甚左衛門が、橘屋の離れ家へあらわれることを告げたのも、音羽の半右衛門であった。

小部屋から廊下へ出るとき、藤枝梅安が、おときにこういった。

「お前さんが、橘屋忠兵衛にいいつけられ、どんなことを盗み聞いたか……それを、私にはなしてくれるとよいとおもうのだがね。もっとも、そのためには、もっとお前さんに信用をされぬといけないのだろうが……このことを考えておきなさい。そうすれば、お前さんのためにもなれるような気がする。私は明後日《あさって》、また療治に来よう。一日置いたほうがよい。ともかくも、弟さんの病気は私が癒して進ぜよう。安心をしていなさい」

七

藤枝梅安の鍼療治によって、宗太郎の病患は、半月のうちに好転した。

おとき姉弟のよろこびはいうまでもなかったが、宗太郎の主人である鍵屋利助は、すっかり梅安に惚《ほ》れこんでしまい、

「これからも、私どもを、お忘れなく」

というので、送り迎えは駕籠を出し、下へも置かぬあつかいなのである。

「行先、私も、いずれは病気にかかるのだから、そのときはもう、藤枝先生に何も彼もおまかせをするつもりだ」

などと、鍵屋利助は妻のお浜へ、手まわしよく、いまから申しつけているらしい。

梅安は、いそがしい最中に、重病の宗太郎を引き受けたものだから、それこそ目がまわるほどの明け暮れとなったが、宗太郎の病状が落ちついたので、待たせていた他の患者の療治に寧日《ねいじつ》なくはたらかねばならなかった。

そして、また、数日がすぎて……。

おときが急死したのである。

殺されたのだ。

梅安に「私がいいというまでは、鍵屋さんをはなれてはいけない」と、いわれていたし、おときもまた、橘屋から身を引き、鍵屋の奥向きの女中になるつもりになっていた。おもえば、それがいけなかった。

鍵屋の番頭が、橘屋へ行ってくれて、おときの身柄を、このまま引き取らせていただきたいと申し入れたとき、橘屋忠兵衛はすこしも嫌な顔をせず、

「さようですか。そりゃまあ、堅気のお宅で奉公をするのがいちばんよいのだから……」

あっさりと承知をしてくれた。

それを聞いて、おときは橘屋へ出向くつもりになった。自分の衣類や小物《こもの》なぞはどうでもよいとして、おときは、これまでに貯めこんだ金五十七両に未練があったのだ。

当然であろう。一家族が五年は暮せる大金だし、この金は、女の血と汗の結晶ともいうべきものだ。

橘屋の屋内《おくない》の、だれも知らぬ場所へ、おときは金を隠してある。

「はなしは鍵屋の番頭さんから聞いたよ。お前も弟のそばで、これからは暮せるのだね。結構、結構」

橘屋忠兵衛が、あらわれたおときへ、にっこりと笑いかけつつ、

「お前は口が堅い女だ。念にも及ぶまいが、私のところにいる間に見聞きしたことは、みんな、忘れておくれ。いいかえ」

「はい」

おときは、うれしかった。

以前は、忠兵衛を怖《おそ》れていたおときであったし、このように万事がうまく運んでくれようとは、おもいもかけなかった。

おときは、もしも何かあったときのことを考え、鍵屋の手代で、弟と仲がよい清吉《せいきち》について来てもらったほどだ。

「ようござんしたね、おときさん」

清吉は橘屋を出ると、すぐに、おときへ、

「何も面倒なことは、起きなかったじゃありませんか」

「ええ。ほんとによかった……すみませんでしたねえ、清吉さん」

「いえ、何でもないことで」

二人は、初夏をおもわせる明るい陽光に包まれながら、参道を南へ出て、高田《たかだ》四家町《よつやちょう》から細い坂道を下りはじめた。

高田の馬場から牛込《うしごめ》を経て赤坂へもどるつもりで、むろん、これが近道だ。

日は、まだ高かった。

そして、姿見橋《すがたみのはし》の三町ほど手前の竹藪の中で、殺害されているおときと清吉の死体が発見されたのは、翌日の朝であった。

発見したのは、近辺の百姓夫婦である。

清吉が肌身につけている守袋に名札がつけてあったので、身もとがわかった。

鍵屋の申し立てによって、殺された二人は、当日、雑司ヶ谷の橘屋へ出向いたことがわかり、橘屋へもお上《かみ》の調べが行ったが、なるほど、来ることは来て、暇を取らせ、

「外へ出て行く二人を見送りましたが、その後のことは、まったく存じませぬ」

と、橘屋忠兵衛がいった。

そういわれれば、それまでのことだ。

二人とも、鋭利な刃《やいば》で急所を一突きに突き殺され、おときが肌へつけていた金五十七両入りの胴巻は、影も形もない。

「これは、物盗《ものと》りの仕わざだ」

と、いうことになった。

町奉行所の調べは、それ以上にはすすまず、捜査は打ち切られたのである。

八

やがて、夏が来た。

梅雨も明けた或日の午後であったが……。

橘屋忠兵衛は、深川の蛤町《はまぐりちょう》に住む煙管師・徳之助を訪ね、たのんでおいた銀煙管を受け取り、帰途についた。

徳之助は、少年のころから京都へ行き、名工・後藤兵左衛門の許で、みっちりと修行をしただけあって、煙管道楽の者なら、知らぬ者はないだろう。

たのんでから二年もかかって出来あがった銀煙管に、忠兵衛は大よろこびで、

(早く帰り、この煙管で、ゆっくりと煙草を吸ってみたい)

徳之助に半金の十両をわたし、いそいそとおもてへ出た。

この日、橘屋忠兵衛は、赤坂の紀州家・中屋敷へ呼び出され、御納戸役《おなんどやく》・石田主膳《いしだしゅぜん》と密談をすませたのち、

(まだ、おそらく出来てはいまいが、催促がてらに寄ってみよう)

と、煙管師の家へあらわれたところ、意外や、誂《あつら》えの品を差し出されたので、

(今日は、いろいろと、よいことばかりがつづく日だ)

忠兵衛は、黒江町《くろえちょう》の〔駕籠亀《かごかめ》〕で駕籠をたのむつもりであった。

煙管師の家の先に、右へ曲がる細道があって、あたりの人びとは〔畳横丁《たたみよこちょう》〕などとよんでいた。

横丁といっても、巾《はば》四尺ほどの路地なのである。

この路地をつきぬけると、富岡八幡宮《とみがおかはちまんぐう》門前の、にぎやかな通りへ出る。

夏の日射しに白く乾《かわ》いて見える彼方の門前通りから、急に、ひとりの男が畳横丁へ入って来た。

家と家にはさまれて、冷んやりと風が吹きぬけている小暗《おぐら》い路地いっぱいになるほどの巨《おお》漢《おとこ》だ。

同時に、忠兵衛のうしろからも男がひとり、路地へ入って来た。

橘屋忠兵衛は、とりあえず、前から足早に近づいて来た大男と擦《す》れちがうつもりで、左側の家の羽目《はめ》へ背をつけ、いくぶん胸を反《そ》らせ、大男をやりすごそうとした。

「お暑いことで……」

と、近づいて来た大男が頭を下げた。

忠兵衛はうなずきもせず、傲然《ごうぜん》と立ちどまった。

「ごめんなさいよ」

大男は身を横にして、窮屈《きゅうくつ》そうに忠兵衛と擦れちがいかけた。

二人の胸と胸がふれ合った。

それが、橘屋忠兵衛の最後であった。

いきなり厚い胸を密着させて、忠兵衛の躰を羽目へ押しつけざまに、大男の……いや、藤枝梅安の右手が仕掛針と共に疾《はし》った。

「う……」

わずかに呻《うめ》き、忠兵衛は細い両眼を精いっぱいに見ひらき、羽目板に背をもたせたまま、硬直した。

梅安は、路地を南へ走りぬけた。

それより早く……。

忠兵衛の背後から路地へ入って来て、逃げ道をふさいでいた彦次郎は、

(よし!!)

と看て、路地を飛び出し、掘割の水に浮いている小舟へ乗り移った。

掘割沿いの道を、菅笠をかぶった二人づれの蚊帳《かや》売りが、ゆったりと歩んでいる。

一人が蚊帳を積んだ荷を担《にな》い、一人が売り声をあげる。

「萌葱《もえぎ》の蚊帳あ」

と、ただ一声の美しい声が、さわやかに炎天《えんてん》の道へながれた。

ぬっと、路地からあらわれた藤枝梅安が、近寄って来る蚊帳売りの方をちらりと見るや、

すぐに小舟へ乗り移る。

二人を乗せた小舟は、たちまちに、掘割を西へ向ってすべり出した。

畳横丁の中で、橘屋忠兵衛の死体が、ずるずると崩《くず》れ落ちていった。

日盛りのことで、人の足も絶え、せまい路地へ入って来る人もいない。

二人づれの蚊帳売りも、ゆったり、路地口を通りすぎて行った。

「それにしても……」

と、大川へ出た小舟を漕ぎながら、彦次郎が、

「ねえ、梅安さん。おときさんと鍵屋の手代を殺《や》ったのは、ほんとうに、橘屋忠兵衛なのかね？」

「おそらく忠兵衛が、私たちのような仕掛人をたのんだのだろうよ」

「ふうむ……」

「おときは、あまりにも、橘屋の内証事《ないしょうごと》を知りすぎたのさ」

「そりゃあ、おれも、そうおもうが……」

「いずれにせよ、橘屋忠兵衛はこの世に生きていないほうがよい」

「ちげえねえ」

「だから、仕掛けたのさ」

「そうだ。それでいいんだっけね、梅安さん」

「おときという女は……女の中では、ましな女だったね。それだけに可哀相《かあいそう》だよ彦さん」

大川を往来《ゆきき》する大小の船の間をたくみに縫って、彦次郎は、小舟を北新堀の岸へ着けようとしていた。

藤枝梅安は、仕掛針を持っていた右の手を大川の水で洗い、白扇をひらいて日射しを避けながら、江戸湾の海の彼方にむくむくとわきあがっている夏雲を、まぶしそうにながめている。

さみだれ梅安

一

「ええ、萌葱《もえぎ》の蚊帳《かや》あ」

と、ただ一声。

その、さわやかな蚊帳売りの声に、

(江戸の夏だな……)

小杉十五郎は、なつかしげに目を細めて、盃を口に含《ふく》んだ。

だが、それも一瞬のことであった。

盃を膳に置いた十五郎の顔《おもて》は曇っている。

(この仕掛けは、やはり、気がすすまぬ)

開け放《はな》った二階の小座敷の窓の向うに、道をへだてた呉服問屋《ごふくどんや》・伊藤屋《いとうや》平助《へいすけ》方の瓦屋根《かわらやね》が見える。

小杉十五郎が、金五十両で引き受けた殺しの相手は、その伊藤屋の屋根の下に住み暮しているのだ。

(しかも、女だ……)

今日は、その女の顔を見とどけて、尚更《なおさら》に嫌気《いやき》がさしてしまった。

女は、伊藤屋平助の妻・お信《のぶ》で、年齢《とし》のころは二十七、八になろうか。

いかにも大店《おおだな》の内儀《ないぎ》らしい、ゆったりとした躰つきなり顔《おも》だちなりの女で、七つか八つに見える可愛い女の子の、母親なのである。

(あのような女の、どこが悪いのか……?)

小杉十五郎は、迷いはじめていた。

「女を仕掛けるのは嫌なものだし、また仕掛けの本道《ほんどう》とはいえませぬよ。なれど小杉先生。この女だけは別や。女の恐《おそ》ろしいのには手がつけられませぬ。ま、安心をして仕掛けて下され」

と、白子屋菊右衛門は十五郎に念を入れた。

菊右衛門は、大坂・道頓堀・相生橋北詰にある白子屋という大きな料理茶屋の主人《あるじ》だが、裏へまわると諸方の盛り場を牛耳《ぎゅうじ》っている香具師《やし》の元締《もとじめ》の一人で、大坂の暗黒の世界における勢力は計り知れぬものがあるそうな。

一昨年《おととし》の秋に……。

小杉十五郎は剣客としての立場から、浅草・元鳥越にあった奥山念流《おくやまねんりゅう》・牛堀《うしぼり》道場の紛争に巻き込まれ、大身旗本の子弟を何人か斬り殪《たお》した。

そこで、十五郎の人柄を好もしくおもっていた藤枝梅安が、危険せまった十五郎の身柄を、またも大坂の白子屋菊右衛門へあずけたのである。

表向きは、

「梅安先生は名人だ」

などと、患者の評判が高い鍼医者《はりいしゃ》の藤枝梅安だが、蔭へまわっては金ずくで殺しを引き受ける「仕掛人」なのだ。

(ああ……江戸へ来て、もう五日《いつか》になるが、梅安さんを訪ねていない)

梅安や、同じ仕掛人の彦次郎に会いたいのはやまやまの小杉十五郎であったが、

(ともあれ、この仕掛けを終えてから……)

と、考えている。

藤枝梅安は十五郎を、何も仕掛人にするため、大坂の白子屋へ、

「たのみます」

と、あずけたのではない。

しばらくしたら、

「もう大丈夫。江戸へ帰っておいでなさい」

と、十五郎を呼びもどすつもりであった。

(もっとも、そのときまで、私が生きていればのことだが……)

である。

はじめから小杉十五郎を仕掛人にするつもりなら、何も、わざわざ大坂へ旅立たせることもない。白子屋にたのまなくとも、梅安自身が十五郎を仕立てあげたはずだ。

そのことを、十五郎もよくよくわきまえていた。

なればこそ、

(この仕掛けがすむまでは……)

藤枝梅安や彦次郎に会うまいとおもっている。

小杉十五郎は、約一年ぶりに江戸へもどって来た。

十五郎の亡父は、大和・高取の浪人であったが、主家を退転して後、すぐに江戸へ移り住んだ。

ときに十五郎は七歳の幼年にすぎなかったが、それより二十年も江戸に住み暮していただけに、

「江戸の水がのみたくてたまらぬ」

などと、藤枝梅安へ手紙でうったえてよこしたほどだ。

しかし、何分にも十五郎は幕臣の子弟を殺害しているだけに、その家族からも狙《ねら》われ、町奉行所からも人相書《にんそうがき》が配られているという、いわゆる「お尋《たず》ね者」なのである。

ゆえに梅安は、すくなくとも、

「三年は、江戸へ帰らぬほうがよい」

と、何度も十五郎へ手紙を出し、江戸へもどることを押しとどめてきた。

だから梅安は、いまの小杉十五郎が、すでに二件の仕掛けをおこなっているとは、夢にもおもわぬ。

二件の仕掛けは、

「もしも、気が向きなすったら、やってみなさるかね？」

と、白子屋菊右衛門のさそいに乗ったものである。

「やってみよう」

十五郎は淡々としてこたえた。

恩師・牛堀九万之助《くまのすけ》が亡くなってしまい、その道場の跡目《あとめ》相続《そうぞく》にからまる紛争から同門の人びとを殺害した小杉十五郎だけに、剣客として世をわたることは、断念せざるを得ない。

（こうなれば、どうなってもよいのだ）

捨鉢《すてばち》になったというのではなく、むしろ、暗黒の世界へ一日も早く身を投じてしまいたかった。

（そうなれば、どこにいても、お尋ね者なのだ。大坂にいようと江戸にいようと同じこと……）

なのである。

（おれが仕掛人になってしまえば、梅安さんだとて、江戸へ帰ることを止めはすまい）

白子屋にたのまれた仕掛けは、二人とも侍であった。

「二人とも、この世の中に生かしておいたら、たくさんの人に難儀《なんぎ》をかける奴どもゆえ、こころおきなく仕掛けて下され」

白子屋菊右衛門は、十五郎にそういった。

十五郎は三月《みつき》のうちに、この二人の侍を暗殺した。

「さすがに、小杉先生や」

と、白子屋がよろこび、二人合わせて五十両の仕掛料を十五郎へわたした。

そして、今度は、

「やはり小杉先生は江戸へ帰りたいらしい。それなら一つ、江戸で仕掛けをしてみなさらぬか。一人で五十両出させてもらいますがな」

「斬る相手は、悪い奴か？」

「悪いも何も、こんな女が生きていては善人《ぜんにん》が浮かばれませぬよ」

「女だと……」

「男より始末が悪い」

「ふうむ……」

気がすすまなかったが、こうしたときの白子屋の言葉に、

「嘘はない」

と、藤枝梅安がいいきっていたことを、十五郎はおもい起した。

そして何よりも、一日も早く江戸の空の下に我身《わがみ》を置きたかった。

「小杉先生を手放すのは惜しいが、なれどもこれから先、江戸でたのむ仕掛けもありますのでな」

仕掛料の半金二十五両に、白子屋からの餞別《せんべつ》として十五両。このほかに前の仕掛料を合わせると八十両もの大金をふところにして、十五郎は大坂を発ったのである。

大坂では、白子屋がいっさいの面倒を見てくれ、十五郎に、それこそ、一文《いちもん》もつかわせなかった。

江戸へ到着した小杉十五郎は、神田明神下の宿屋〔山城屋伊八《やましろやいはち》〕方へ入った。

この山城屋が、白子屋菊右衛門の江戸における〔根城《ねじろ》〕のようなものらしい。

主人《あるじ》の伊八は六十がらみの、見るからに温厚そうな老人だが、裏へまわると、どのような形相に変るか知れたものではない。

すべての段取《だんど》りは、山城屋ではたらいている松太郎《まったろう》という四十がらみの男がつけてくれ

た。

それから五日が過ぎ、十五郎の仕掛けの準備は、ほとんど整ったといってよい。

いま小杉十五郎が酒をのんでいるのは日本橋・富沢町《とみざわちょう》の蕎麦屋《そば》〔駒笹《こまざさ》〕の二階座敷であった。

蕎麦屋にしては気取りの店名だが、このあたりは堺町《さかいちょう》の芝居町の近くだけに、町屋《や》の家並《なみ》も灰汁《あく》ぬけているし、酒飯《しゅはん》の店々もしゃれた構えで、この〔駒笹〕にしても、蕎麦だけでなく、気のきいた軽い料理も出す。酒もよかった。

「ええ、萌葱の蚊帳あ」

蚊帳売りの声が、浜町堀《はまちょうぼり》の向う岸で聞こえた。

小杉十五郎はためいきを吐《は》き、大刀と編笠を取って立ちあがった。

「どうも嫌だ……」

勘定を払い、外へ出て、笠の間から伊藤屋の方へちらりと目をやったが、すぐに十五郎は浜町堀の河岸道を南へ、大川の方へ向って歩み出した。

地を低み、矢のごとく疾《はし》ってきた燕が一羽、十五郎の編笠の縁《ふち》すれすれに舞いあがって行く。

梅雨《つゆ》へ入る前の夏の日ざしは、さわやかな薫風《くんぷう》に煌《きら》めき、その快《こころ》よさは目前にせまった陰《いん》鬱《うっ》の日々を忘れさせる。

だが、十五郎の胸の内は鉛の玉をのんだように重い。

(やはり、女を斬るのは嫌だ……)

いったん引き受けて半金を受け取った仕掛けを断わることはできぬ。断われば、こちらの一命《いちめい》にもかかわることだ。

仕掛人の掟《おきて》を踏み外《はず》した十五郎が、いかに奥山念流の達者だとはいえ、白子屋菊右衛門が見逃すはずはない。

仕掛けの手段には、計り知れぬものがあるのだ。

(そうして、白子屋に殺されるのもよいだろうよ、ともかくも、女は嫌だ。嫌になった……)

無意識のうちに、小杉十五郎の足の運びは目的をもちはじめていた。

そして、この日の明るい夕暮れどきに、小杉十五郎は品川台町の藤枝梅安宅の前へあらわれたのである。

二

藤枝梅安は一日の治療を終えたところであった。

最後の患者は白金村の老百姓・音蔵《おとぞう》で、この老爺の胃病は梅安の鍼《はり》によって、このごろは軽快となったらしく、

「では先生よ。明日、また来ますよう」

元気よく帰って行くのを、十五郎は木蔭から見送った。

藤枝梅安の家は、品川台の通りを南へ下った左手にある〔雉子《きじ》の宮《みや》〕の社《やしろ》の、鳥居前の小川をへだてた南側にあった。

わら屋根の、小さいが風雅な構えの家は、こんもりとした木立にかこまれている。

このところ、梅安は、鍼医者としての明け暮れに余念がなかった。

手つだいのおせき婆さんは、すこし前に帰って行ったが、湯殿の仕度はととのえておいてくれたらしい。

夏の夕暮れの光りは、まだ明るかった。

梅安は、今日いちにちの治療を終えた細い細い鍼を焼酎《しょうちゅう》で消毒した後で、三稜針《さんりょうしん》という血や膿《うみ》をとる太い針を研《と》ぎはじめた。

今日は、合わせて十人もの患者の治療をした藤枝梅安の両眼のまわりには青黒い隈《くま》が浮いて見える。その巨《おお》きな体は脂汗にまみれつくしていた。

梅安ほどのすぐれた鍼医者でも、

「真《まこと》の鍼の治療だけは、毛すじほどの気のゆるみもあってはならぬ」

とかで、つまりは、それほどに心身を消耗《しょうもう》するものなのだ。

庭のどこかで蛙の鳴き声がしている。

三稜針を研ぐ梅安の手が急にとまり、その両眼が鋭く光った。

仕掛人として、何人ものいのちを絶ってきた梅安だけに、微細《びさい》の異常にもこころをゆるせぬ。

案内も請《こ》わず、庭先へ踏み入って来る人の気配を感じた梅安は、ゆっくりと片膝を立てながら、

「どなた?」

と、庭へ声をかけた。

庭へ入って来た浪人が笠をぬぎ、梅安へ笑いかけた。

「や……小杉さんではないか」

「しばらくでした。梅安どの」

「到頭《とうとう》、帰って来てしまいましたな」

「さよう……」

「いうことをきかぬお人だ」

「すまぬ」

「あなたは、この江戸で、お尋ね者になっているのですよ」

「それほど大坂が…… いや、白子屋の元締のところが住みにくいのかね？」

「わかっている」

「いまの私は、大坂も江戸も同じことだ」

と、小杉十五郎が苦笑を浮かべた。

「何ですと……？」

凝《じっ》と、小杉十五郎を見つめた藤枝梅安が、

「小杉さん、大坂で仕掛けをしなすったね」

ずばりといった。

「わかりますか？」

「白子屋に、たのまれなすったのか？」

「世話になった義理もある」

「白子屋め、そんな奴だったのか……」

舌打ちをする梅安へ、

「いや、白子屋どのの所為《せい》ばかりではない」

「え……？」

「むしろ、私がすすんで引き受けたようなところも、ないではない」

「ふうむ……」

低く唸《うな》った梅安が、

「ま、おあがりなさい」

「よろしいか？」

「いずれにせよ、あなたが仕掛けの泥沼へ足を突込んでしまったとなれば、この私と同類《どうるい》の生きものだ。大坂へ帰れともいえますまいよ」

「そういって下さるか……」

「そうなっては……」

と、いいさした梅安が十五郎の顔をあらためて見まもったのち、

「そうなっては、地獄ですよ」

ためいきを吐くようにいった。

十五郎は黙ってうなずき、座敷へあがって来た。

夜に入って……。

湯殿で汗をながした梅安と十五郎は、居間で膳に向い合っている。

日暮れ前に魚屋が届けてくれた鰹《かつお》の刺身を芥子《からし》醬油《じょうゆ》で口にはこびながら、二人は冷酒を酌みかわした。

「小杉さん。江戸の夏は、いかがですな？」

「わるくない」

「ふっふ……さほどに大坂が嫌だったのかねえ。住みよいところなのになあ」

「私には向いていない」

「そこを、あと半年、辛抱《しんぼう》すればよかった。そうすれば、もう江戸になぞ帰りたくなくなる。大坂は、そういうところなのだ」

「もう仕方がないことだ、梅安どの」

「白子屋の元締は、こころよく、あなたを江戸へ帰してくれましたか？」

「うむ……」

十五郎の眼の色が、一瞬、沈んだのを梅安は見逃さなかった。

「小杉さん。何か、あったのですな？」

「む……」

「どうしなすった。白子屋にたのまれ、江戸へ仕掛けをしにもどって来なすったか？」

「梅安どのには、かなわぬな」

「やはり、な……」

「困った……」

「え？」

「女を、仕掛けねばならぬ」

たまりかねたように、小杉十五郎がいい出した。

「女……」

「さよう」

「白子屋へ、あなたをあずけるのではなかった」

吐き捨てるように梅安が、

「小杉さんが、お尋ね者ゆえに、白子屋へたのんだのが、却《かえ》って仇《あだ》になってしまったようだ」

「よいのだ、梅安どの……」

「だが、いまの小杉さんには、女を仕掛けきれまい。どうです？」

「む……」

「上方《かみがた》で、何人、仕掛けましたか？」

「二人……」

「それなら、まだ、小杉さんは生き返れるやも知れぬ。ですが小杉さん、女を仕掛けていては、そうなれませぬよ。それほどに、女の業は深いものだ」

「かまわぬ。だが、女だけは、どうも……」

「さようさ。この私でも、これまでに女を仕掛けたのは、たった一人だ」

「さ、さようか、やはり……」

「その女は、私の実の妹でしたがね」

十五郎が瞠目《どうもく》した。

「その妹が生きていては、何人もの人びとが、ひどい目にあうことがわかった。それで仕掛けた……」

声もない十五郎であった。

「いま、私もね。一つ、仕掛けを引き受けたばかりですよ。その相手は男だ。どうです。二人の仕掛けを取り替えようではないか」

「そうして下さるか、梅安どの」

「あなたには、まだ、女を仕掛けさせたくはない」

「すまぬ」

「白子屋にたのまれ、引き受けたからには、どうにもなりませぬよ」

「わかっている」

「ともかくも、この仕掛けが終ってから、あなたのことをじっくりと思案することにしよう」

盃を口にふくみつつ、藤枝梅安が呟《つぶ》やくようにいった。

「白子屋がたのんだからには、その女にも、それ相応の、仕掛けられてよい理由《わけ》があるとはおもうが……だが、一応は探《さぐ》って見ることにしよう。これは一つ、彦さんにも助けてもらわねばなるまい」

三

その翌々日の昼すぎに……。

小杉十五郎は、下谷・坂本の小野照崎明神社《おのてるさきみようじんしや》と通りをへだてた真向いにある〔鮒宗《ふなそう》〕へ姿をあらわした。

この店は、蜆汁《しじみじる》と川魚を売りものにしていて、十五郎が江戸にいたころ、朝夕かならず立ち寄り、腹ごしらえをしたものだ。十五郎は此処《ここ》からも程近い三ノ輪の外れの小さな家に住み暮していたからである。

「あっ……」

と、裏口から入って来た十五郎を見て、板場で庖丁をつかっていた鮒宗の亭主・宗六《そうろく》が、びっくりして、

「いつ、お帰《けえ》りになったんで？」

「十日ほど前だよ。江戸から逃げたときは、いろいろと世話になった」

「そんなことはどうでもよござんす。でも、帰って来て大丈夫なんで？」

「此処《ここ》へ立ち寄るつもりではなかったが、今日だけたのむ。ほれ、お前も知っている藤枝梅安どのと此処で落ち合うことになっていてな」

する。

「さ、早く二階へ……」

宗六の女房が、なつかしげに走り寄って来て、十五郎を二階座敷へ案内した。

鮒宗は、階下の七坪の板張りへ竹の簀子《すのこ》を敷いた入れこみに、膳がわりの長い桜板をならべ、日が暮れるにつれて多勢の客がびっしりと詰まり、泥鰌鍋《どじょうなべ》をつついたり、酒をのんだりする。

店前の通りは、日光・奥州街道への道すじにあたる往還《おうかん》だけに、朝から夜ふけまで人通りが絶えぬ。鮒宗の昼食《ちゅうじき》どきにも、夜の客とは別の客が詰めかけて来る。

「相変らずの繁昌《はんじょう》だな」

と、酒を運んであらわれた宗六へ、十五郎が笑いかけた。

「へっ、こちとらは儲《もう》けるつもりがねえものだからね。客は、そいつをちゃんと知っていやあがる。いそがしいおもいをしているだけのことですよ」

「結構ではないか」

「それよりも小杉先生。あっしにできることがあるなら、何なりといって下せえ」

五十がらみの、でっぷりとした躰つきの宗六は、江戸でも知られた大店《おおだな》の次男坊に生まれたというが、

「他人さまには、いうにいえねえことを、さんざ、してめえりましたのでね」

と、いつか十五郎に洩《も》らしただけあって、その面構《つらがま》えときたら、

「徒《ただ》のものではないな」

藤枝梅安も、いつか十五郎にいったことがある。

梅安が、鮒宗の二階へあらわれたのは、それから間もなくのことであった。

一昨日の夜、十五郎は梅安宅へ泊ったが、その折、梅安がこういった。

「明日は治療があるので、明後日《あさって》がいい。鮒宗で待っていて下さい。そのときに、私が仕掛けをたのまれた相手の顔を小杉さんに見てもらおう。だが、二人の仕掛けを入れ替えたことだけは、口が裂けても白子屋へ洩らしてはいけませぬよ。いま、あなたが泊っている明神下の宿屋の連中にも、充分に気をつけぬといけない」

「わかった」

「で、どの女を仕掛けるので？」

「橘町《たちばなちょう》の呉服問屋、伊藤屋平助の女房お信という女なのだ」

「なるほど……」

「で、私が梅安どのに代って仕掛ける相手は？」

「浪人らしい。まだ、ゆっくりと顔を見ていませぬがね」

「そうなのか……」

「三日前に引き受けたばかりなのだ」

梅安に、この仕掛けをたのんだのは、香具師《やし》の元締・音羽の半右衛門である。

「こいつばかりは、生かしておいても毒を振り撒《ま》くだけでございますよ、梅安先生。人助けの仕掛けなんでございます。なればこそ、先生にやっていただきたいので」

と、いった。

その浪人の名前は、内山太平次《うちやまたへいじ》という。

鮒宗からも近い入谷《いりや》田圃《たんぼ》にある真福寺《しんぷくじ》という寺の離れに独《ひと》り住み暮していた。

「その内山太平次がね、間もなく、此処へやって来ますよ」

「何ですと……?」

「昼すぎまで眠っていて、それから、この鮒宗へ来て腹ごしらえをする。先ず、狂いはないそうだ」

これは、音羽の半右衛門が梅安に洩らしておいたことなのだ。

「だが梅安どの。顔を知っておいでか?」

「いいや、まだ見ていませぬよ。だが、人相はくわしく耳にしている。先ず、間ちがうことはありますまい」

「ふうむ……」

「そやつはね、小杉さん。剣術のほうも、なかなかにつかうらしい。ゆっくりと見きわめてからおやりなさい」

「よし」

「それからねえ……」

「え？」

「もう一度、考えてみようではありませぬか」

「何をです？」

「まだ、足を洗えますよ。あなたのかわりに私が伊藤屋の女房を仕掛けます。そのかわりに……」

と、藤枝梅安が暗い眼《まな》ざしになって、

「そのかわりに、足を洗うことを考えて下さい。むろん、私も手助けをさせてもらう。今度の仕掛けが終ったとき、私が小杉さんと一緒に大坂へ行き、白子屋の元締にきっぱりとはなしをつけます」

「いや、梅安どの。私のことなら、もう構わんで下さい。もう、肚《はら》を据《す》えた。どうにもなるものではない」

「ねえ、小杉さん……私がね、あなたの代りに女を仕掛けるのですよ」

「む……」

十五郎は、ぎくりとした。

「ただ、入れ代るだけなら、どうもこうもない。あなたをもう一度、元の小杉十五郎にしたいから引き受けたのだ」

大きく張り出した額《ひたい》の下の団栗《どんぐり》のように小さな梅安の両眼が二倍にも三倍にも大きく見ひらかれ、爛々《らんらん》と光っている。

その眼の光りは、小杉十五郎ほどの剣客でも見返すことができぬほどの圧力をそなえていた。その眼光の背後に梅安の道理がある。なればこそ十五郎もかなわぬのだ。

「わかりました……」

呻《うめ》くがごとく、十五郎がこたえた。

それから一刻（二時間）ほど後に……。

小杉十五郎は鮒宗で腹ごしらえをした浪人・内山太平次の後を尾《つ》けはじめている。

藤枝梅安は物蔭から、入れ込みの一隅《いちぐう》で酒をのみはじめた内山浪人を見つけて、

「あれに間ちがいはない」

と、断言した。

「今日は様子をみるだけにしなさるがよい」

「わかった」

「後で様子をうかがいましょう。今夜は、私の家《ところ》へお泊りなさい」

「そうさせていただく」

「では、私も、伊藤屋の女房の顔を見ておきましょうよ」

「すまぬ……」

内山太平次は、小柄な十五郎にくらべると背丈もすっきりと高い。総髪《そうがみ》の、どちらかというと剣客ふうの風体《ふうてい》で、袴《はかま》もつけているし、身なりもよい。

それに引きかえ、着ながしに編笠の小杉十五郎は風体が冴えぬ。

髭《ひげ》の剃《そ》りあとの青々とした鼻すじの隆《たか》い、眉の濃い、三十を二つ三つ越えて見える内山太平次は颯爽《さっそう》たる男振《おとこぶ》りであった。

内山浪人につづいて、〔鮒宗〕を出るとき小杉十五郎は編笠のかわりに、土間の柱に掛けてあった菅笠《すげがさ》を取って、

「借りておく」

と、宗六の女房にいった。

なるほど、編笠をかぶったのでは、もう暑い。

四

伊藤屋平助の妻お信は、家つきのむすめに生まれた。

したがって、いまの四代目平助は、本所・二ツ目の呉服問屋〔松屋宇兵衛《まつやうへえ》〕の三男に生まれ、伊藤屋へ聟養子《むこようし》に入ったのだ。実家の松屋は、いま、長兄が跡《あと》をつぎ、三代目の主人《あるじ》におさまっている。

若いころの平助は、

「いるのだか、いないのだかわからぬ……」

と、実家の人びとがいっていたように、口かずも少なく、まことに温和《おとな》しい、まるで、

「女の子のような……」

若者であって、容貌もそれにふさわしい。

小柄で、雛人形《ひなにんぎょう》のように優しげな顔だちの平助を、

「よくまあ、伊藤屋さんは、松屋の三男坊を聟養子にしなすったものだ。あんな男ではとても伊藤屋の商売《あきない》を切りまわせまい」

などと、同業者たちがささやき合っていたものだが、伊藤屋の人となって八年になるいま、平助は大番頭の儀兵衛《ぎへえ》に助けられ、大過なく日を送っている。

儀兵衛は亡父の代から伊藤屋でつとめあげた五十男で、文字通り伊藤屋の支柱であり、

「伊藤屋さんは、あの大番頭で保っている……」

と、評判されているのもむりはない。

それでいて、おだやかな主人を粗末にあつかうことなく、あくまでも蔭へまわって、

「忠義をつくしている……」

のだそうな。

「ま、いまのところは、それほどのことしかわからねえが……どうです、梅安さん。もうす

こし探ってみるかね？」

彦次郎はこういって、盃を口へふくみながら梅安の顔をのぞき込むようにした。

ここは、一昨日、小杉十五郎が酒をのんでいた蕎麦屋〔駒笹〕の二階座敷で、開け放った窓から夕空を背にした伊藤屋の大屋根が見える。

実は昨夜。藤枝梅安は久しぶりで浅草・橋場の料亭〔井筒〕へ泊り、座敷女中のおもんと共寝の一夜をすごしたわけだが、そのとき塩入土手下の一軒家に住む彦次郎へ使いをやり、井筒へ来てもらった。

「いや、まだ大丈夫。何も小杉さんが好きこのんで、この泥沼へ足を突込むことはねえ」

と、彦次郎はいい、今朝から一足先に伊藤屋を探りに出て行ってくれたのだ。

今日の探りは、この近辺での聞き込みにすぎなかったが、

「かまうことはねえ。伊藤屋の女房を一日も早く仕掛けてしまって、小杉さんをさっぱりとさせてやりたい。梅安さんの気がすすまねえのなら、おれがやってもいいことだ」

と、彦次郎はいった。

「で、伊藤屋の内儀の評判は、どうなのだ？」

「そりゃあ梅安さん。家つきのむすめのことだから、威張って暮しているらしい。あるじの平助も、頭のあがるわけはねえ」

「どこにでも見かける夫婦だということだな。仕掛人に大金をはらって殺すような女なのだ

ろうか……?」

「どっちにしろ、小杉さんは、白子屋の元締から引き受けてしまいなすったのだ。だから、女を片づけるよりほかに仕方はありますめえよ」

　にべもなく、彦次郎がいった。

　今年に入ってから、彦次郎は二件の仕掛けをこなしていた。表向きは総楊子《ふさようじ》づくりの職人なのだが、その仕事もすっかり忘れ、仕掛けに専念していただけに、彦次郎の両眼には、まだ常人の感情がもどって来ぬらしく、あくまでも冷めたく冴えきっている。

「おれがやるよ、梅安さん。やらせてくれ、一文《もん》もいらねえ」

　梅安が、おどろいたように見返すと、

「おれは、伊藤屋の女房なんかより、ずっと小杉さんのほうが大事だよ」

「そうおもってくれるか、彦さん」

「どっちみち、おれの行先は長くねえ。あの世へ行く日が、すぐ目の前まで来ているような気がしてならねえのだ、このごろは……」

「それは、私も同じことさ」

「だが、梅安さんは、たくさんの人たちにたよられていなさるからね。お前さんが死んじまったら、困る人たちがたくさんいる」

「いるものか」

「病人がいますぜ」

「あ……」

「ほれ見なせえ。そこが、おれとちがうところだ」

夕闇がただよう道を、伊藤屋の内儀お信が帰って来た。

奥向きの女中と、下男がつきそい、下男の背中には一人むすめのお八重《やえ》が眠っていた。昼すぎから深川の富岡八幡宮へ参詣《さんけい》に行き、帰って来たのである。

梅安と彦次郎は〔駒笹〕の二階の窓から、伊藤屋へ入って行くお信の顔を、姿を、はっきりと見とどけた。

「伊藤屋の女房はね、大変に、信心ぶかいのだそうだよ、梅安さん」

「ふうむ……」

この夜。

彦次郎をつれ、品川台町の家へ帰った藤枝梅安は、一足遅れてもどった小杉十五郎を迎えた。

「小杉さん。よく帰って来なすったね」

よびかけた彦次郎の眼に、はじめて人なつかしげな光りが浮かんだ。

「会いたかったよ、彦次郎さん」

十五郎の声も、うれしげにはずんでいる。

「小杉さん。あの浪人は、あれからどこへ？」

「それが、梅安どの……」

と、小杉十五郎が語るに、あれから、鮒宗を出た内山太平次がゆったりとした足取りで行き着いた場所は、小石川の水道橋の北方、壱岐殿坂《いきどのざか》にある青山大膳亮《あおやまだいぜんのすけ》の上屋敷であったそうな。

青山大膳亮幸完《よしさだ》は、美濃《みの》の国・八幡《はちまん》四万八千石の大名だ。

内山太平次は、青山藩邸の、だれかを訪問したらしい。

およそ一刻あまりしてから、青山藩邸の門を出て来たときの内山太平次の顔は、

「何やら、晴れ晴れとしていた」

と、十五郎が、

「だからと申して、青山屋敷へ入るまでの内山浪人が、むずかしい顔つきだったわけではない。なれど、たしかにあれは、何かよい事があったのだ。青山屋敷で吉報を受けたにちがいない」

「いったい、それは何だろう？」

「梅安どの。もしやすると、青山家へ仕官《しかん》することができたのではないか……いや、これは、私も、私の亡き父も長らく浪人だったゆえ、そのように感じるのやも知れぬが……」

「いや、的《まと》が外《はず》れているとは申しませぬよ」

それから内山太平次は、往《ゆ》きの足取りとはちがって、はずむような速足で、坂本の〔鮒宗〕まで一気に引き返し、酒をのみはじめたという。

内山が酒をのむ態《さま》は、いかにも、

「うれしくて、うれしくて堪《こら》えきれぬ……」

様子であった。

そこまで見とどけ、小杉十五郎は梅安宅へ引き返して来たのである。

「鮒宗の亭主《おやじ》は、私が内山を見張っていることに気づいたようだが、かまいませぬな?」

「ええ、あそこの亭主なら、あなたが困りなさるようなまねはしますまいよ」

と、藤枝梅安が、

「彦さん。小杉さんに湯を浴びてもらおうか」

「合点《がってん》だ」

彦次郎が、湯殿へ去るのを見送ってから、

「小杉さん。で、どうですな?」

「どうとは……?」

「その、内山太平次。あなたの手に負えますかな?　いや、こんなことを尋《き》くまでもないようだが……」

小杉十五郎は、苦笑をもって、その返事《こたえ》とした。

五

翌々日の午後になって、藤枝梅安は橋場の〔井筒〕へあらわれた。

座敷女中おもんと梅安との関係は、井筒の人たちに知れわたっているし、主人の与助も、これをみとめてい、梅安が独身《ひとりみ》の鍼医者であることも知れていたが、まさかに、藤枝梅安が金で殺人を請負《うけお》う仕掛人の一面をもっていようとは、おもんだとて夢にも想わぬことであろう。

「今夜は……？」

と、おもんが運んで来た酒を梅安の盃へみたしつつ、尋いた。

「泊る」

「あ、うれしい……」

日中のことで化粧もしていないおもんの顔から喉《のど》、胸もとへかけての女ざかりの肌が初夏の温気《うんき》に蒸されて、みなぎるような血色を見せている。

その、生きもの血の色に唆《そそ》られて、梅安の腕がのび、おもんの乳房を単衣《ひとえ》の上からつかんだ。

「あれ……」

おもんの唇が、わずかにひらき、膳を押しのけた女の躰が梅安のひろい胸へ崩《くず》れ込もうとしたとき、

「おもんさん……おもんさん……」

渡り廊下で、女中のおさきの声がした。

「まあ、嫌なこと」

「行っておいで。私は、もう此処をうごかぬよ」

目に物をいわせてうなずいたおもんが、渡り廊下へ出て行った。

おもんにあつかいをまかせている常客《じょうきゃく》が来たらしい。

橋場の外れの、深い竹林を背にした〔井筒〕は料理もうまいし、大きな料理茶屋ではないので、来る客もおだやかに酒飯をして帰って行く。

こういう店だから、いうまでもなく、男女の忍び逢いも多いようだ。

そのためか、主人は、いつも梅安が使っている離れ屋の奥に、もう一つの離れ屋を造った。

(さて、どうしたらよいか……?)

盃を置いた梅安は寝そべって、開け放した縁先からながれ込んでくる冷んやりとした微風《びふう》に眼を細めた。

庭の青葉の匂いが、むせ返るようだ。

(それにしても、今度の仕掛けはむずかしい……)

目ざす伊藤屋の内儀は、あれから外へ出ぬようだ。

何しろ、大店《おおだな》の内儀だけに、外出《そとで》をすれば、かならず下男と女中が供をするのだろうし、日ざしの明るいうちに帰って来てしまうわけだから、人知れず殺害することがむずかしい。

もっとも、白昼の人ごみの中でも、藤枝梅安の仕掛針なら仕損《しそこ》なうことはないが相手のお信が、いつ外出をするのか、さっぱりわからぬ。

信心深いそうだから、探りをかけて、およその見当をつけるにしても、そのためには相当の月日を必要とする。

(ま、急ぐまい、急ぐまい)

そのための探りは、彦次郎が引き受けてくれている。

おもんの案内で、客が庭づたいに奥の離れ屋へ入って行く気配が、庭の方から梅安の耳へつたわってきた。

やがて、おもんがもどって来た。

「客は一人だね?」

「お連れは後《あと》から見えるんです、いつも……」

「なるほど」

「それがねえ、先生……」

おもんが梅安に寄り添い、酌《しゃく》をしながら、

「いまのお客は、この春ごろから、月に一度ほど、お見えになるんですよ。赤坂の方で小間物屋をしていなさるなどと、そういっていなさいますけれど、実は……」

「ちがうのか？」

「ええ。うちの旦那が富沢町を通りかかったとき、あそこの伊藤屋という大きな呉服問屋から小僧をつれて出て来るところを見てしまったそうで……隠れ遊びだものだから、嘘をついていなさる」

梅安の両眼に、光りが凝《こ》っていた。

「では、その伊藤屋の旦那なのかえ？」

「そうなんでしょうよ。恰幅《かっぷく》のいい、立派な身なりの……」

「恰幅がいいのか？」

「ええ……」

「いくつぐらいの？」

「さあ……五十を二つ三つ、こえていなさるような……」

「ふうん……」

「どうかなすったんですか、先生……」

「なあに。女が来たら、ちょいと隠し部屋へ入れてくれぬか」

と、梅安が笑って見せた。

「またですか、いやな先生……」

「他人が忍び逢うのを盗み見るのは、たまらなくおもしろい」

「知りません。もう……」

料理屋や茶屋のすべてがそうなのではないが、むしろ、名の通った店になるほど、隠し部屋のついた座敷や離れ屋がある。

これは、

（どうも、妙な客だ）

とか、

（怪しい客だし、深い事情《わけ》がありそうな……？）

と、看《み》たとき、その客を隠し部屋のついた座敷へ入れておき、店の主人が密かに見張るのだ。

その次第によって、お上《かみ》へも急報するし、また心中をふせぐこともあり、それもこれも料理屋自体が災害をこうむらぬためなので、町奉行所も、これを密かに奨励しているほどであった。

間もなく、連れの女が町駕籠を乗りつけてあらわれた。

おもんは、また呼ばれて出て行った。

梅安が、ゆっくりと庭へ下りると、竹藪《たけやぶ》の蔭から、おもんがもどって来た。

「来たな」

「あい」

「よし。隠し部屋にいるからな」

「仕様のない先生……」

「どんな女だ?」

「知りません」

おもんは赤くなり、小走りに、庭から渡り廊下へあがって行った。

庭下駄をぬぎ捨てた藤枝梅安は、足音を忍ばせ、井筒の母屋《おもや》の西側の竹藪に沿って右へ曲がった。

そこが、奥の離れ屋の裏手になっている。

離れ屋の下見板《したみいた》の一部を引くと、その箇処《かしょ》が三尺四方ほどの口を開けた。

巨《おお》きな体を器用にちぢめた梅安が、するりと隠し口へ入り、内側から下見板を閉めた。

暗い隠し部屋の壁の一隅へ、梅安が眼を寄せた。

そこには大豆《だいず》ほどの〈のぞき穴〉が開いていて、その穴は座敷の床の間の落棚《おとしだな》の蔭へ巧妙に隠れて客には、まったく気づかれぬ。

(やはり、な……)

先へ入った五十男の横顔は、梅安が予測したとおり、伊藤屋の大番頭・儀兵衛であった。

町女房ふうの女は、いま、こちらに背を向けているので、顔が見えぬ。

二人とも、だまっていた。

間もなく、おもんが酒を運んで入って来て、隠し穴のほうを見て、客にはわからぬように睨《にら》んだ。

梅安は苦笑を洩らした。

「あとで、何かうまいものをたのみますが、しばらく、はなしがあるから、呼ぶまでは来ないでおくれ」

と、儀兵衛がおもんにいい、紙に包んだ〔こころづけ〕をわたした。

「ありがとう存じます」

おもんが頭を下げ、外へ去った。

おもんの足音が遠去かり、消えた。そして町女房が振り向いた。

その女の顔を見た藤枝梅安が息をのんだ。

伊藤屋の内儀お信ではないか。

伊藤屋の大番頭が、主人の妻と密会をしているのだ。

お信が、にっと笑って、儀兵衛の大きな膝の上へ身をもたせかけた。

儀兵衛が盃の酒を口にふくみ、これを口うつしにお信へのませるのを隠し穴から盗み見な

がら、

（なるほど、大した女だ……）

藤枝梅安は、肚の中で舌打ちをした。

同時に梅安は、お信の仕掛けを白子屋へたのんだのは、

（伊藤屋平助にちがいない）

と、直感した。

六

伊藤屋の内儀お信と、大番頭・儀兵衛は帯も解かぬまま、それがいかにも物慣《ものな》れた仕種《しぐさ》でたがいの躰をむさぼりはじめた。

（畜生どもめ……）

隠し穴に呆れ顔を押しつけている藤枝梅安の耳へ、二人の声がつたわってきた。

胡坐《あぐら》をかいた儀兵衛の股に、お信が跨《また》がり、白い双腕《もろうで》を大番頭の頸《くび》へまわし、ゆっくりと腰を揺動させつつ、

「まだ……あの、まだ、内山太平次の片はつかないのかえ？」

儀兵衛に問いかけはじめた。

「もう直きですよ、もう直きに、内山は、あの世へ行ってしまいます」

隠し穴に背を向けているお信の、結《ゆ》いあげた髪の向うに、儀兵衛の顔が両眼を閉じていた。

「でも、大丈夫なのかえ、ほんとうに……?」

「だれにも知られることは、ありませぬよ」

「でも、何だか、怖い……」

「内山太平次のような悪いやつの始末をつける人たちが、引き受けてくれましたよ」

「ああ、儀兵衛さん……」

急に、お信が喘《あえ》ぎを高めるのへ、

「もとはといえば、お前さまがいけないのです。お若いときから、ほんに男癖がよくないお前さまゆえ……」

「そ、そんな私にしたのは、いったい、だれなのだ。だれなのだ。みんな、お前さんが……」

「まあ、まあ……うふ、ふふ……」

「ああ、儀兵衛……」

「お前さまの浮気の相手は、のちのちまでも伊藤屋へ強請《ゆすり》をかけてきて、ほんに、私は苦労をしたものだ」

お信の腰へまわした儀兵衛の両腕が激しく上下にうごきはじめた。

「ぎ、ぎへえ……」

「その悪いやつどものうちの二人を内山太平次に、やっと殺《あや》めてもらったかわり、今度、内山に金百両も取られてしまいましたよ」

「百両も……」

「ええ、そうですとも。のちのちの事を考えれば、どうしても内山に、消えてもらわねばなりませぬ」

儀兵衛が語りかけるのをやめ、喘ぎはじめた。

(なるほど、手ぎわのよいことだ……)

やがて、二人が何事もなかったように、膳へ向い合う姿を盗み見た梅安の体は、狭い闇の空間に蒸れこもる暑さのため、汗みずくになっている。

「こんなところを、儀兵衛さんのお内儀《かみ》さんが見たら、何というだろうねえ」

お信が、櫛《くし》をつかいながらいった。

「さあて……」

冷えた酒を口にふくみながら、つぎにいい出した大番頭・儀兵衛の言葉に、梅安は固唾《かたず》をのんだ。

「それはそうと、ねえ、うちの旦那とお前さまの間に生まれたはずの、一人むすめの、ほんとうの父親がだれかを、もしも旦那が知ったなら、何とおもいなさるでしょうね」

「そうだねえ……」

といった、お信の声が笑いをふくんでいる。

「儀兵衛さんは、うちのお八重に、自分の子の長次郎を添わせるつもりかえ？」

「お前さまは、そのおつもりではなかったので？」

「いいえ、そのつもりですよ」

「まあ、まあ……これからは、万事うまく運びましょうよ。もっとも、お前さまの浮気の虫しだいのことだが……」

「それなら何故、もっと繁《しげ》しげと抱いてくれないのだえ？」

「これからは、せいぜい、お相手をいたしましょうよ」

「こんなところでは、いや」

「ですが今日は……ここはね、酒もうまいし出す料理《もの》もなかなか……」

いいさした儀兵衛が、庭に面した障子を開け、手を打った。

おもんが離れ屋へ入って来るのと入れちがいに、藤枝梅安は隠し部屋から外へ出た。

竹藪が風にそよいでいる。

足音を忍ばせ、自分の離れ屋へもどって来ると、彦次郎が手酌《てじゃく》でのんでいた。

「や、来ていたのか……」

「それどころではねえ。伊藤屋の女房が一人きりで外へ出たのを見たので、後を尾けて来たのだ。いま、おもんさんから聞きましたぜ、梅安さん。先に来て待っていた男というなあ、大番頭の儀兵衛らしいね」

「うむ……」

「どうも、おどろいた畜生どもだ」

「私たちも、他人《ひと》のことはいえないがね」

「また、それをいいなさる」

「怒ったのか、彦さん……」

「いえ、泣いているのさ」

その口とは裏腹《うらはら》に、彦次郎がにやりとして、

「ちょうどいい。おそらく帰りも別《べっ》こだろう。あの女《あま》を仕掛けなさるか?」

「さあて……」

寝そべった顔を縁先から出して見ると、いましも、おもんとおさきが奥の離れ屋へ料理を運ぶために、庭へあらわれたところであった。

梅安は、おもんに舌を出して見せた。

おもんが睨み笑いをしながら、おさきの後から庭を横切って行った。

「彦さん。今度は、お前の番だ」

「何の……？」

「隠し部屋から、あいつらのいうことを、耳にはさんできておくれ」

「何だ、つまらねえ……」

「そういうものではない。私が行ってもよいのだが、あの隠し部屋の暑いのには閉口だ。たのむ、彦さん」


しばらくして、お信と儀兵衛は別々に〔井筒〕を出て、富沢町の伊藤屋へ帰って行った。

二人の身に、異変は起らなかった。

夜になると、風が強くなってきて、それがまた、木枯のように冷めたい。

初夏のころの、こうした風に油断をすると、

「手もなく、病気をもらってしまうのさ」

いつであったか藤枝梅安が、おもんにそういったことがある。

その冷めたい夜風も、酒に火照《ほて》った内山太平次の逞《たくま》しい躰には、却《かえ》って快よい。

「いよいよ、決まった!!」

このことであった。

美濃八幡四万八千石・青山大膳亮に、召し抱えられることが、今日、決定を見たのである。

俸禄は百石。役職については決まっていないが、武芸指南を兼任することになっている。

内山太平次が、此処まで漕ぎつけるのに、足かけ三年の歳月を要した。

亡父・内山直五郎《なおごろう》の知人《しりびと》で、青山家に仕えている中西亀之助をたより、内山太平次は仕官するための運動をはじめ、この間に中西へ手わたした費用は、合わせて二百五十余両におよぶ。この大金があれば、庶民は、その半生を寝て暮せるであろう。

この金は、ほとんど、伊藤屋の内儀お信から引き出したものだ。

(世の中は、やはり、金か……)

四年前の、ちょうど、いまごろであった。

浅草の奥山の料理茶屋で、浅草寺へ参詣《さんけい》に来たお信と、伊藤屋の女中が、三人の酔いどれ浪人に絡《から》まれ難儀しているのを救ってやったのが縁となり、お信のほうからさそいの手をのばしてきたのである。

以来、内山太平次の暮しが物質的に充実してきた。

お信から自分へ、手わたされる金と、自分の躰がお信へあたえる歓喜とが歩調をそろえてくる手ごたえを知ったとき、

(よし。これならば……)

と、内山太平次の野望が目ざめた。

亡父の友人だった中西亀之助は、青山家の御用取次役《ごようとりつぎやく》をつとめているが、かねてから、内

山に、
「何事も金しだいじゃ。金を要所《ようしょ》へ振り撒《ま》けば、おぬし一人の仕官は受け合うてもよい」

と、いってくれていたのだ。

内山は、将軍家膝元の大江戸で、剣客として独立することのむずかしさが骨身にこたえている。

剣士としての内山は、これまでに何度も挫折していた。

そして、近ごろの内山太平次の、お信への態度は、半ば恐喝《きょうかつ》めいたものになってきた。だが一ヵ月ほど前に、おもいきって金百両を強請《ねだ》ったときには、たまりかねたかして大番頭の儀兵衛が乗り出して来た。

（あの大番頭め、百両と引きかえに、二人の男をおれに斬らせた。ま、それもよいだろう）

その百両が、自分の仕官の、
「決手《きめて》になったと、中西亀之助殿も申されていた」

のである。

こころを決めて、内山は大番頭のいうままに、二人の男を暗殺した。二人とも町人《まちのもの》で、内山にとってはわけもないことであったが、これによって大番頭は、

（おれの尻尾《しっぽ》をつかんだつもりなのだろうが……ふむ、なかなか、このままではすまさぬ）

つい先ごろ、内山は押しかぶせて、さらに百両を強請っておいた。

（おれが青山侯の家来になってからも、あの浮気な内儀が生きてあるかぎり、伊藤屋はおれの金蔓《かねづる》なのだ。むしろ、これから、もっと手のこんだ強請《ねだ》りようがある。大番頭め、おれを甘く見すぎているようだぞ。うふ、ふふ……）

伊藤屋平助は、青山家・御用達《ごようたし》の呉服問屋なのだ。

内山太平次が青山家へ召し抱えられるための苦心を重ねてきたことを、お信も儀兵衛も知らぬ。

（よかった。先ず、よかった……）

今日は、青山家の江戸家老や重役たちにも面会することができ、仕官決定の事を正式に知らされたのだ。

小石川の青山屋敷からもどって来て、途中、坂本の〔鮒宗〕で、内山太平次はいつもの倍の酒量を腹中におさめた。

（これからは、あのような下卑《げび》た場所で、酒をのむこともあるまい）

坂本の大通りを東へ切れ込み、大小の寺院が塀を連ねている曲がりくねった細道を突きぬけると、一面の田地《でんち》となる。これが入谷田圃だ。

その田圃道を歩む内山太平次の右手前方に、松平出雲守《まつだいらいずものかみ》下屋敷の大屋根が黒ぐろと夜空に浮いて見えた。

内山が寄宿している真福寺は、松平屋敷の向う側にある。

(ふふん……三十二歳にもなって、おれも、ようやく運がひらけてきたというわけか……)

夏の夜の五ツ(午後八時)ではあるが、このあたりを歩む人影はほとんど無い。

内山は、田圃道で袴を捲《まく》りあげ、

「あ……ううむ……」

さも心地よげに放尿《ほうにょう》しはじめた。

終って袴をおろし、振り向いた内山太平次の前に、いつの間に近寄って来たものか、菅笠をかぶった浪人者がひとり。

はっとなり、腰を引いた内山へ、

「内山太平次殿ですな?」

着ながしの浪人が、声をかけてよこした。

「おぬしは何者だ?」

「小杉十五郎と申します」

「こ、すぎ……?」

「はい。内山殿……」

「何だ?」

おもわず返事をあたえた内山に、小杉十五郎が、

「やはり、内山太平次殿だ」

「内山太平次なら、どうしたというのだ？」

「死んでいただこう」

「何と……」

飛び退《さが》って大刀を抜きはらった内山の前へ迫った十五郎が、抜き打ちに浴びせかけた。

「ぬ!!」

十五郎の一刀を打ち払いざま、咄嗟《とっさ》に体当りをくわせてきた。せまい道での斬り合いだけに、さすがに内山は心得ている。

ぱっと十五郎の体がひらいた。

内山太平次の逞《たく》ましい躰の左肩が、十五郎の顔をかすめた。

内山も自分の体当りを、相手がまともにくらうとばかりはおもっていない。

相手に躱《かわ》されたとき、向き直りざま必殺の一刀を打ち込み、反撃に転ずるつもりであった。

内山の体当りを躱したときには、相手の体も崩れかけている。相手も飛び離れて大刀を構え直さなくてはならぬ。

そこが、内山のつけ目である。

だが……。

向き直った瞬間、内山太平次の口から絶叫がほとばしった。

飛び退《の》いた十五郎は腰を落し、大刀を構えたまま、凝《じっ》と、内山を見まもっている。

「う、うぬ……」

内山の胸下《むなした》に、十五郎の短刀が突き立っていた。

内山の体当りを躱した一瞬に、十五郎は左手に短刀を引き抜きざま、向き直った内山を突き刺したのだ。

「く、くそ……、よ、よくも、おのれ……」

歯を喰いしばり、大刀を振りかざし、一歩二歩と踏み出した内山太平次が、

「むうん……」

烈しく呻《うめ》き、たまりかねてのめり倒れたまま、うごかなくなった。

小杉十五郎は、しずかに大刀のぬぐいをかけてから鞘《さや》へおさめた。

空に鳴る風に、星が隠れた。

内山太平次の躰に突き込まれた短刀はそのままに、十五郎は入谷田圃の闇に消え去った。

七

(ああ……明日か明後日《あさって》には、儀兵衛さんが来てくれる……)

濛々《もうもう》たる湯けむりの中で、お信は両手にわが乳房をつかみ、熱い吐息を洩らした。

半月前に、浅草橋場の料亭〔井筒〕の離れ屋で約束をして、お信が老女中のおきねと下男をつれ、

「どうも、躰のぐあいがよくないから……」

と、箱根七湯のうち、塔《とう》の沢《さわ》の湯泉へ湯治に来てから五日が過ぎていた。

大番頭の儀兵衛は一足遅れ、塔の沢へやって来て、ゆっくりと三日ほど二人きりの明け暮れをたのしもうというのである。

お信についている老女中と下男は、儀兵衛の腹心の者たちで、お信と儀兵衛の密通を知っているのは、この二人のみであった。

通い番頭の儀兵衛は、東神田の永井町《ながいちょう》に家を持っており、そこには女房もいれば、二人の子もいる。

おそらく儀兵衛は、商用に託《かこ》つけ、江戸を離れて来るにちがいない。

こうしたときの儀兵衛は、いつも一人旅であって、それがもう十年もつづいているのだから、だれも怪しまぬ。

(やっぱり、私には、儀兵衛がいちばんいい……)

洗い場から浴槽に身を沈めて、お信が、

「いちばん、いい……」

うっとりと、呟やいた。

この塔の沢の湯宿・田村屋伊平方には内湯《うちゆ》がある。

階下の廊下の奥の石段を下って行くと、早川の流れにのぞんで浴舎が設《もう》けられてあった。

(ほんとうは、お八重もいっしょならいいのだけれど……、そうしたら、ほんとうの親子が三人、水いらずだもの)

そのときまで、浴舎にはお信だけであったが、

「ごめん下さいまし。入らせていただいて、よろしゅうございましょうか?」

洗い場の向うから、男の声がした。

ふとい声だが、いかにも丁重《ていちょう》で、物やさしげな男らしい。

いうまでもなく、当時の温泉での、男女の混浴は当然のことであった。

「はい、どうぞ」

「ごめんを……」

湯気の中から、坊主頭の巨体が浮き出して来た。

(まあ、大きな人だこと……)

浴槽の片隅へ、つつましく巨体を沈めた男が、

「御湯治でございますか?」

「はい、お前さんも?」

「さようでございます。湯治がてら、商売もさせていただくわけで……」

「では、あの……」

「お察しのとおり、按摩《あんま》をいたします」

「ついぞ、見かけなかったけれど……」

「いま、田村屋さんへ草鞋《わらじ》をぬいだばかりなのでございますよ」

「まあ……それなら、今夜、来てもらいましょうかね」

「これはどうも。ありがとう存じます」

「二階の奥の、藤《ふじ》の間《ま》にいますから……」

「うけたまわりました」

「それでは、たのみましたよ」

「はい、はい」

お信は、何やら胸がときめいてきた。

この巨体の座頭《ざとう》が、どのように自分の躰を揉《も》みほぐしてくれるのだろう。

(すこし、からかってやろうかしら……?)

立ちあがったお信は、わざと、頸まで湯に浸《つか》っている座頭へ近寄り、白い乳房を存分に見せつけながら、

「待っていますよ」

声をかけた。

洗い場の掛行燈《かけあんどん》の灯影《ほかげ》が湯けむりにくもっている。

早川の瀬音《せおと》が聞こえるだけであった。

座頭は、湯を掻きわけて目の前を抜け、洗い場へあがろうとするお信へ、

「もし、伊藤屋さんのお内儀《ないぎ》」

と声をかけてよこした。

おどろいて振り向いたお信の躰が仁王立ちとなった座頭の巨体に抱きすくめられた。

「あっ……」

という間もない。浴槽の中へ抱き倒され、お信の全身が湯の中へ沈んだ。もがきぬくお信の躰の急所は、座頭の手足にぴ、た、りと押え込まれている。

やがて……。

座頭が浴槽から洗い場へあがった。藤枝梅安である。

梅安は、あたりの気配に耳をすませたのち、衣類を小脇《こわき》に抱え、洗い場の小さな戸口から早川辺りの木立の闇に溶けた。

湯けむりと湯の香がたちこめる浴槽の中に、息絶えたお信の白い死体が浮いている。

翌日の四ツ（午前十時）ごろに、伊藤屋の大番頭・儀兵衛は、箱根の湯本へ向って山道を歩いていた。

前夜、小田原へ泊った儀兵衛だけに、五十をこえても足取りは軽く、山駕籠の厄介《やっかい》になることもなく、息も切らずに足を運んでいる。

箱根越えに東海道を上り下りの旅人が街道に絶え間なく見えているが、儀兵衛は、そうした旅人たちと湯本から別れ、早川沿いの山道を塔の沢へ向うことになる。

早川をはさんで両岸にひらけていた平地が、いつしか狭《せば》まってきて、しだいに山肌がせまり、箱根の谷口《たにぐち》といわれる風祭《かざまつり》の村をすぎ、入生田《いりゅうだ》のあたりへかかると、いかにも、これから箱根連山へ、

「分入《わけ》ろう……」

とする心地になってくる。

(ああ、お山はいいいな……)

全身が染まってしまいそうな青葉の中を吹きぬけてくる風の冷めたさに、儀兵衛は満面《まんめん》を笑《え》みくずしている。

しきりに、山鶯が鳴いた。

今年の梅雨は、江戸の人びとが、

「空梅雨《からつゆ》になりそうだ」

などといい合っているように、ほとんど雨にならぬ。

(何も彼も、うまく行った。おもいきって、音羽の元締に相談をしてみてよかった。さすが

に音羽の半右衛門さんだ。みごとに片をつけてくれたわえ)

入谷田圃で、内山太平次が刺殺されたことは、すでに儀兵衛の耳へ入っていた。

(これからは、お信を、あまり甘やかさぬことだ)

と、儀兵衛の感覚としては、主人の妻が自分の妾《めかけ》のようにおもえてくるのである。

昨夜、田村屋の浴舎で、お信の死体が発見され、大さわぎになったことなど、儀兵衛は知るよしもない。

今朝早くから、伊藤屋の下男が湯本まで出て来て、自分を待ち受けていることも、むろん知らぬ。

その湯本までは、もう一息であった。

二つの山駕籠が、儀兵衛を追い抜いて行った。

前方から菅笠《すげがさ》をかぶった大男が一人、淡黄色の帷子《かたびら》の裾を端折《はしょ》り、白の手甲《てっこう》・脚絆《きゃはん》という身軽な旅姿で、右手をふところに、左手で白扇をつかいながら山道を下って来る。

そのすぐうしろに、これは物堅《ものがた》そうな身なりの商人《あきんど》ふうの男が荷物を背負い、近づいて来た。

大男の旅人が、儀兵衛と擦《す》れちがって行った。

そのうしろから来る商人ふうの旅人が、儀兵衛の目の前まで来ると、

「おや……」

急に足をとめて、

「これはこれは、伊藤屋さんの大番頭さんじゃあございませんか」

愛想のよい、明るい声をかけて菅笠を取り、ていねいに頭を下げたものである。

「これは、これは……」

まったく見おぼえのない男であったが、相手が笠をぬいで、深ぶかと頭を下げたので、儀兵衛も、

(とんだところで声をかけられたものだ。それにしても、どこの、だれだったか?)

おもいながらも笠をぬぎ、頭を下げて、

「はい。私は伊藤屋の儀兵衛ですが、お前さんは?」

問いかけた、その瞬間であった。

先に擦れちがって行った大男の旅人が、いつの間にか儀兵衛の背後に身を寄せ、ふところに忍ばせていた右手をぬき、儀兵衛の頸すじを軽く打つようにした。

その右手に煌《きら》めいた一すじの細い光芒《こうぼう》が、儀兵衛の盆の窪の急所へ吸い込まれた。

藤枝梅安の仕掛針であった。

「う……」

微かに呻いた儀兵衛の肥体《ひたい》が硬直した。

盆の窪から抜き取った仕掛針を袂《たもと》へ落し、颯《さっ》と身を返した梅安が山道を小田原さして下っ

て行く。

儀兵衛に挨拶《あいさつ》をした旅人も、ふわりと儀兵衛から離れて、藤枝梅安の後を追った。

この旅人は、彦次郎であった。

白眼《しろめ》をむいて、立ちすくんだかたちの大番頭・儀兵衛が、一歩二歩と、ぎごちなく足を運んだ。

そして、戸板を打ち倒したように、東海道の山道へ倒れ伏したのである。

どこかで、馬子唄《まごうた》が聞こえている。

夏の日が、活《かっ》と山道へ照りつけてきた。

八

今年は空梅雨になるかとおもわれたのに、やはり、来るべきものは来た。

そのかわり、例年ならば、すでに梅雨明けとなっているはずのいまも尚、江戸の町は五月雨《さみだれ》つづきの明け暮れであった。

その日の午後……。

久しぶりに藤枝梅安が、富沢町の蕎麦屋〔駒笹〕の二階座敷で、ひとり、酒をのんでいた。

膳の上に、蕎麦屋にしてはめずらしいものが出ていた。

鰹を煮熟《にじゆく》した……つまり即製の生鰹節《なまりぶし》を小ぎれいにむし崩し、これを味噌汁に仕立て、さらに井戸で冷やした〔冷《ひや》し汁《じる》〕であった。実《み》は茄子《なす》に刻み胡瓜《きゆうり》である。

それに、瓜もみ。

「ここは、蕎麦よりも酒の肴《さかな》のほうがうまい」

と、梅安が、中年の女中にいった。

「みなさんが、そうおっしゃいます」

「近ごろは、いろいろと変った店ができるものだ」

「うちの主人《あるじ》が、いろいろとしてみるのが好きなんでございます」

「だから、蕎麦のほうが、お留守になる」

「あれ、まあ……」

「こんなことをいうなよ」

「はい、はい」

「それにしても、よく降りつづくことだ」

「まったく、気が滅入《めい》ってしまいます」

「ま、一つ、おのみ」

盃を女中へわたし、酌をしてやった梅安が、

「もうすこし、のんでから、駕籠《かご》をよんでくれぬか」

「かしこまりました」

「ときに……」

「はい？」

「前の、ほれ、伊藤屋さんだが……」

「はい、はい」

「お内儀が、亡くなったそうだね」

「そうなんでございますよ。箱根へ湯治に行っておいでなすって、なんでも、お湯の中で倒れてしまいなすったんだそうで……」

「ほう……」

「急に、心ノ臓がいけなくなって、お湯の中へ沈んでしまったとかいいますけれど……」

「お気の毒にね……」

「それぱかりじゃあございません。上方《かみがた》へお出かけなすった大番頭さんも、旅先で亡くなってしまったんでございます」

「それは、それは……」

「伊藤屋さんを、御存知なんでございますか？」

「それほどの知り合いではないが……」

「でも、まあ、ようございました」

「何が？」

「あの、おとなしい旦那が、急に、しっかりとなすって、そりゃもう見ちがえるばかりに商売に身を入れはじめたので、お店《たな》の人たちも胸をなでおろしているようなんでございます」

「なるほど……」

「何しろ、亡くなった大番頭さんで保っているなぞといわれた伊藤屋さんだけに、旦那も気を取り直したのでございましょうよ」

「それにしても、お内儀に死なれては……」

「まあ、ねえ……」

と、女中が意味ありげに笑って、

「そこのところは、よくわかりません。御夫婦のことでございますからねえ……」

「旦那は、養子に来た人だそうな」

「はい。ですから、ねえ……」

「なるほど、なるほど。却《かえ》って、ほっとしていなさるというわけか」

「そこまで、おっしゃるものじゃあございませんよ」

「熱い酒《の》を、たのむ」

「はい、はい」

冷めたくて濃厚な、なまりの冷し汁を啜《すす》った梅安が、

「うまい……」

と、つぶやいた。

「お気に入りましたか……」

「鰹が、こんなになるかねえ」

「精がつくのだそうでございますよ」

「そんな気がする……」

「あ、それから駕籠は、どちらまで？」

「さようさ……む、橋場の外れまでといってくれ」

「かしこまりました」

女中が出て行った後で、梅安は窓際へ立って行った。

折しも、ふりけむる雨の中を、若い手代を従えて帰って来た伊藤屋平助に、小僧が飛び出して来て傘を受け取るのが見えた。

小僧の後から出迎えた店の者たちに何かいいながら、空を仰いだ伊藤屋平助の顔に生き生きとした血の色が浮いているのを、梅安は見逃さなかった。

(さて、今夜は井筒へ泊るか……小杉さんも、いましばらくは彦さんの家《ところ》にいてもらおう。

梅雨があがったら、私が大坂へ出向き、白子屋の元締へはなしをつけ、小杉さんの足を洗わ

せなくては、な……）

伊藤屋の軒下へ巣をつくっている燕が、雨にもめげず、矢のように疾《はし》り出て行った。

藤枝梅安は窓の障子を閉め、腰の煙草入れから、いかにも物しずかに銀煙管《ぎんぎせる》を抜き取った。

小噺仕立て料理帖

池波志乃

えっ、あたしが池波先生の娘だと思っている方がいらっしゃる？

残念ながら、親子でも親戚でもありません。父は金原亭馬生《きんげんていばしょう》、噺家《はなしか》の娘です。

ええ、デビュー当時は随分聞かれましたよ。池波って姓は珍しいですからねえ。いえ、名付け親な訳でもないんでして……ちょいと長くなりますけど「猪口《ちょこ》猪口《ちょこ》逢う夜をひとつにまとめ　徳利《とっくり》話がしてみたい」ってね、ふふっ。じゃあ今熱いのをつけてきますから。なんですか？　はいはい、冷のまま湯のみ茶わんでのむのがお好みでしたね。良い按配《あんばい》に小鍋のお出汁《だし》も煮立ってきましたよ。大根と浅蜊《あさり》のむきみはたっぷりと用意してございますから。木更津の浅蜊は身がぷりっとして一味違いますねえ。大根はご自分で…手づかみで入れてくださいな、その方が美味しゅう御座いますから。この千六本ってのが曲者でしてね。太すぎても細すぎてもいけない、すぐに煮えるくらいでないと浅蜊が堅くなっちまいますから。出汁ごとよそって…粉山椒を一つまみ……。

あたしは山椒を多めにした七味唐辛子でいただくのが好きなんですよ。最後に出汁のきいたやつをぶっかけ飯にしたときには七味の方が合うような気がするんですけどねえ。

そういえば、池波先生の随筆ではおなじみの（兜町の粋人三井さん）のお宅で、先生が初めて見た小鍋だては浅蜊のむきみと白菜、これにはやっぱり柚子《ゆず》じゃないと合いませんね。浅蜊と葱も相性がようございますねえ。味噌仕立てにして豆腐や油揚げを入れてご飯にぶっかけた深川飯なんざあ美味しいうえに栄養のバランスまで満点なんですから。尤《もっと》も昔は浅蜊と葱だけだったそうですけど。浅蜊と刻み葱を炊き込んだ深川飯もたまりませんね、あの出汁で炊いたご飯はなんともいえない風味があって……。

おやまあ、早いこと！　大根をもう少し切ってきましょうか？　そこの出汁を足しといてくださいな。そう、小鍋だては忙しいんですよ。具を入れたままくたくたに煮ちゃあなんにもなりませんからねえ。テレビを見ながらなんてのは以ての外、色っぽいのは火を落してからのお楽しみ……あれ、山椒にむせましたかえ。

そうそう、名前の話でしたね。料理の話になると好きなものだからついおしゃべりになってしまって……。

十六の歳に新劇の養成所を出て新国劇に入ったんですが、最初は研究生と呼ばれて、先輩女優の付き人をやりながら舞台に通行人で出してもらう程度ですから、まだまだ芸名なんて必要なかったんですけどね。そこはそれ、噺家は前座から芸名を付けますから極自然な成り行きで「芸名は何にしようか?」ってことになった。

「看板女優になりゃあ別だろうが、その他大勢ずら〜っと並んだ時には始めの方が目立つだろ? あいうえおの五十音順にしても、いろはにしても、〝い〟から始まる名前ならまず前の方に来る。時代物をやっててABC順ってこたあないだろう」

「もしも看板さんになった時にゃ、大向こうの掛けやすい名前じゃなくちゃいけないよ。あんまり短いと何て言ってるかわからない。音にして四文字が締っていいんだ、〝おとわや!〟ってな感じでな」

「……新国劇の紋は〝柳に蛙〟……馬生に芭蕉をひっかけて『古池や 蛙飛び込む 水の音』新国劇ってえ古い劇団に、蛙の子が飛び込んだ。その波紋は丸くどんどん広がっていく……つまりは〝池の波〟池波はどうだい?」

まあこんな流れで池波という名前を父が付けてくれたんですよ。ところが、

「ん? まてよ、池波正太郎先生がいらっしゃるなあ。志ん朝も息子に〝忠吾〟って名前をいただいたことだし、お伺いを立ててみよう」と、図々しい話になっちまった訳でして。

志ん朝は父の弟、あたしにとっては叔父になります。噺家なんですが芝居が好きで『鬼平

犯科帳』がはじめてテレビになった時、同心木村忠吾をやっていて、ちょうどその時生まれた長男に役名の忠吾をいただいて付けたんですよ。ええ、そうです、その時の長谷川平蔵は松本幸四郎さんでした。

それで、父がお伺いを立てたところ「池波は私の特許じゃないんですから」と、お許しをいただいたってわけです。ところが昭和五十五年に新潮社からでたエッセイ集『日曜日の万年筆』を読んで、手が震えましたよ。ほら、ここですよ……。

【…最後に私の姓名だが、ペンネームではなく本名である。しかし、電話帳に〈池波〉の姓をもつ人は一人もいないはずだ。祖先は、越中（富山県）の井波の宮大工で、これが天保のころに江戸へ移り、その後も大工の棟梁として、私の父方の祖父までつづいたことになる。亡くなった伯父にいわせると、「もう井波にも、池波の姓をもつ人はいないらしい」とのことだ。井波というところは、いまも宮大工がおおくあつまっているらしい。私には、たしかに、父方の職人の血がながれていることを、近年、つくづくとおもい知らされている。…】

それでなくても重たかった〈池波〉という名前が、何百倍何千倍にもなって圧《の》し掛《か》かってきて、いっそお返ししようかと思いましたよ、申し訳ありませんでしたって。

そんなとき、先生が何かのインタビューで「あの子は入ったばかりの頃から舞台の袖でよく芝居を見て勉強してました。ええ、名前は私が許しましたよ」と言って下さっているのを読んで、そりゃあもう嬉しくてねえ。それで思ったんですよ。重みに潰されないように、落さないように足腰を鍛えて頑張ろう！　これ以上、直接甘えちゃいけないと。先生の本はどれも「生き方の教科書」ですから。

そうそう、こんなことがありました……。

ご本人がエッセイで「池波正太郎は新国劇の座付き作者だ。といわれるほどに」と書いていらっしゃるくらい新国劇とは深い関係だった先生が、劇団のために書き下ろし自ら演出された最後の作品は『雨の首振り坂』。昭和四十八年二月に新橋演舞場で上演されたこの芝居で、あたしははじめて役を貰ったんですよ。といっても、幕開きにわらべ歌を唄いながら登場し、泣き喚《わめ》きながら退場する男の子。村はずれの風景の一部です。それでも役が貰えて嬉しかった、っていやあ可愛いのでしょうが嫌でしたよその時は。そりゃあ美人じゃないんだからお姫様をやらせてくれとは言わないけれど、墨で顔や足を汚してつんつるてんの汚い着物を着て、何であたしがこんな役やらなくちゃあならないの？　ってなもんです。細かいダメ出しはあるし、稽古中の先生はかなり怖かった。いえ、決して怒鳴《どな》ったりはなさいませんよ。自分の時は良く判りませんでしたけど人の舞台稽古を見ていると、先生の周りだけ温度が違うんですよ。直火の粗野な感じではなく、ぐつぐつ煮えたぎっているような熱さでね。それが稽古が終わった途端すっと鎮《しず》まって、ことこと弱火で煮ている時の湯気のような暖かさになるんですよ。まるで仕掛人・藤枝梅安が、ふさ楊子を削っている彦次郎に替ったように……。

えっ？　ああ楊子ですか。はい、うちのは普通の柳楊子ですよ。もう鍋は下げてもよろしゅう御座いますね。

ぶっかけ飯に、と思って炊いたご飯を焼むすびにしましょうか？　小さいのを二つばかり握りましょうかね。わかってますよ、醤油をつけてこんがりと焼いて……。

地方によっちゃあ味噌をぬって焼いたのもありますけど、お酒の後には醤油の方がさっぱりして食べやすいですね。まあこういうものは馴染んだものが美味しいんでしょうねえ。

これはちょいと時間をかけて焼かないと、焦げすぎたり網にくっ付いたりしますから。ご自分でやったらばらばらになった？　ああ、そりゃあ最初から醤油をつけたからですよ。まず素焼きにして、表面が乾いてから醤油をぬって付け焼きにしないと、網の上で醤油飯が崩れて大変ですからねえ。おこうこはこれでいいですか？　沢庵を細く切って白胡麻をふっただけなんですけどね。梅安は、これと梅干だけでたきたてのご飯を四杯も食べたんでしたっけ。ご飯が美味しければ、こういうものが一番合いますよね。

焼きあがるまで、それをつまんでてくださいな。酒の肴にするつもりで、沢庵は塩抜きしてありますから。小鉢に水を張って切った沢庵をつけとくだけですよ。加減を見ながら水を二、三回とりかえてきゅっとしぼれば塩が抜けます。でも抜きすぎちゃダメですよ、水っぽくなっちまいますからね。もしも抜きすぎても捨てることはありません。胡麻油を軽くひいてさっといため、醬油をちょいと落して香りが出たら出来上がり。これもご飯が進みますよ。

さあ、おまちどうさま！　ああ、この醬油の焼けた香り…あたしも一つ……。

あちっ！

胡麻油っていえば、梅安が根深汁に少し落したことがありましたっけ。葱だけの味噌汁に風味が加わって、あれはいいですねえ。出来上がりに落すだけでもそれなりですが、葱を胡麻油で焼き付けてから入れると甘味が出てもっと美味しくなりますよ。茄子も同じようにやると旨味が増す。胡麻油、味噌、酒、砂糖と唐辛子を少しで炒めた油味噌はお惣菜の定番ですが、茄子と油は合いますね。変ったところで、トマトのざく切りに胡麻油を落した味噌汁もいけますよ。夏には酸味が爽やかです。

梅安が好きな実なしの味噌汁だけはまだ試していませんけど、昔は季節の野菜を一品入れるだけで、卵なんかはご馳走だったんでしょう。そうそう、浅蜊やしじみは売りに来たようですね。

浅蜊の産地の木更津では、浅蜊の味噌汁を「ほうかし」っていうんですよ。ただし汁が見えないくらい浅蜊を入れて、味噌はほんの少しでうすく仕立てるんです。食べてみるとわかりますが、浅蜊がたくさん入ると塩気がでるから味噌を控えないと塩辛くなってしまう。産地ならではの贅沢ですね。

そういえば、祖父の志ん生は味噌汁に二種類以上のものがはいっていると「どっちが主役だい？」って言って食べませんでした。どっちの方が美味しいとか不味いとかじゃない。こだわりなんでしょうね。

池波先生のエッセイや日記を読んでいると、行くお店は何軒か決っていてそこで食べるのもほとんど同じ。そのこだわりの精神は、少年の頃の「何時かは……」から始まっているんですよね。自分が見つけて気に入ったものにはとことんこだわる。それは、流行りものに踊らされてその時だけ並ぶというのでも、アルバイトで稼いで手に入れるのでもありません。その「何時か」には自分の中身が……ちょいと、聞いてるんですか？　ねえ！

「そんなこたあ百も承知だ、べらぼうめえ」そりゃあそうです、失礼しました。

ほらほら、そんなとこで寝ちゃあだめですよ。枕ですか？　ん、もう憎らしい……。

「枕出せとはつれない言葉　そばにある膝知りながら」って都々逸《どどいつ》があるじゃありませんか……ほんとに男は勝手なんだから！　ねえ、おもんさん。

本文庫に収録された作品のなかには、今日の観点からみると差別的表現ととられかねない箇所があります。しかし作者の意図は、決して差別を助長するものではないこと、作品自体のもつ文学性ならびに芸術性、また著者がすでに故人であるという事情に鑑み、表現の削除、変更はあえて行わず底本どおりの表記としました。読者各位のご賢察をお願いいたします。

〈編集部〉

本書は、「完本池波正太郎大成16　仕掛人・藤枝梅安」（一九九九年二月小社刊）を底本としました。

|著者| 池波正太郎　1923年東京生まれ。『錯乱』にて直木賞を受賞。『殺しの四人』『春雪仕掛針』『梅安最合傘』で三度、小説現代読者賞を受賞。「鬼平犯科帳」「剣客商売」「仕掛人・藤枝梅安」を中心とした作家活動により吉川英治文学賞を受賞したほか、『市松小僧の女』で大谷竹次郎賞を受賞。「大衆文学の真髄である新しいヒーローを創出し、現代の男の生き方を時代小説の中に活写、読者の圧倒的支持を得た」として菊池寛賞を受けた。1990年5月、67歳で逝去。

新装版《しんそうばん》 梅安《ばいあん》最《も》合傘《やいがさ》 仕掛人《しかけにん》・藤枝梅安《ふじえだばいあん》 (三)

池波正《いけなみしょう》太郎《たろう》

2001年4月15日第1刷発行
2025年7月24日第58刷発行

発行者――篠木和久
発行所――株式会社　講談社
東京都文京区音羽2-12-21　〒112-8001
電話　出版（03）5395-3510
　　　販売（03）5395-5817
　　　業務（03）5395-3615

Printed in Japan

講談社文庫
定価はカバーに
表示してあります

KODANSHA

デザイン―菊地信義
製版―――TOPPANクロレ株式会社
印刷―――株式会社KPSプロダクツ
製本―――株式会社KPSプロダクツ

ISBN4-06-273137-1

講談社文庫刊行の辞

二十一世紀の到来を目睫に望みながら、われわれはいま、人類史上かつて例を見ない巨大な転換期をむかえようとしている。

世界も、日本も、激動の予兆に対する期待とおののきを内に蔵して、未知の時代に歩み入ろうとしている。このときにあたり、創業の人野間清治の「ナショナル・エデュケイター」への志を現代に甦らせようと意図して、われわれはここに古今の文芸作品はいうまでもなく、ひろく人文・社会・自然の諸科学から東西の名著を網羅する、新しい綜合文庫の発刊を決意した。

激動の転換期はまた断絶の時代である。われわれは戦後二十五年間の出版文化のありかたへの深い反省をこめて、この断絶の時代にあえて人間的な持続を求めようとする。いたずらに浮薄な商業主義のあだ花を追い求めることなく、長期にわたって良書に生命をあたえようとつとめるところにしか、今後の出版文化の真の繁栄はあり得ないと信じるからである。

同時にわれわれはこの綜合文庫の刊行を通じて、人文・社会・自然の諸科学が、結局人間の学にほかならないことを立証しようと願っている。かつて知識とは、「汝自身を知る」ことにつきていた。現代社会の瑣末な情報の氾濫のなかから、力強い知識の源泉を掘り起し、技術文明のただなかに、生きた人間の姿を復活させること。それこそわれわれの切なる希求である。

われわれは権威に盲従せず、俗流に媚びることなく、渾然一体となって日本の「草の根」をかたちづくる若く新しい世代の人々に、心をこめてこの新しい綜合文庫をおくり届けたい。それは知識の泉であるとともに感受性のふるさとであり、もっとも有機的に組織され、社会に開かれた万人のための大学をめざしている。大方の支援と協力を衷心より切望してやまない。

一九七一年七月

野間省一

池波正太郎　よい匂いのする一夜
池波正太郎　梅安料理ごよみ
池波正太郎　わが家の夕めし
池波正太郎　新装版 緑のオリンピア
池波正太郎　新装版 殺しの四人〈仕掛人・藤枝梅安(一)〉
池波正太郎　新装版 梅安蟻地獄〈仕掛人・藤枝梅安(二)〉
池波正太郎　新装版 梅安最合傘〈仕掛人・藤枝梅安(三)〉
池波正太郎　新装版 梅安針供養〈仕掛人・藤枝梅安(四)〉
池波正太郎　新装版 梅安乱れ雲〈仕掛人・藤枝梅安(五)〉
池波正太郎　新装版 梅安影法師〈仕掛人・藤枝梅安(六)〉
池波正太郎　新装版 梅安冬時雨〈仕掛人・藤枝梅安(七)〉
池波正太郎　新装版 忍びの女 (上)(下)
池波正太郎　新装版 殺しの掟
池波正太郎　新装版 抜討ち半九郎
池波正太郎　新装版 娼婦の眼
池波正太郎　近藤勇白書 (上)(下)〈レジェンド歴史時代小説〉
井上　靖　楊貴妃伝
石牟礼道子　新装版 苦《く》海《がい》浄《じょう》土《ど》〈わが水俣病〉
いわさきちひろ　ちひろのことば
いわさきちひろ／松本　猛　いわさきちひろの絵と心
いわさきちひろ／絵本美術館編　ちひろ・子どもの情景〈文庫ギャラリー〉
いわさきちひろ／絵本美術館編　ちひろ・紫のメッセージ〈文庫ギャラリー〉
いわさきちひろ／絵本美術館編　ちひろの花ことば〈文庫ギャラリー〉
いわさきちひろ／絵本美術館編　ちひろのアンデルセン〈文庫ギャラリー〉
いわさきちひろ／絵本美術館編　ちひろ・平和への願い〈文庫ギャラリー〉
石野径一郎　新装版 ひめゆりの塔
今西錦司　生物の世界
井沢元彦　義経幻殺録
井沢元彦　光と影の武蔵〈切支丹秘録〉
井沢元彦　新装版 猿丸幻視行
伊集院　静　乳房
伊集院　静　遠い昨日
伊集院　静　夢は枯野を〈競輪躁鬱旅行〉
伊集院　静　野球で学んだこと ヒデキ君に教わったこと
伊集院　静　峠の声
伊集院　静　白秋
伊集院　静　潮流
伊集院　静　冬の蜻蛉《とんぼ》
伊集院　静　オルゴール
伊集院　静　昨日スケッチ
伊集院　静　あづま橋
伊集院　静　ぼくのボールが君に届けば
伊集院　静　駅までの道をおしえて
伊集院　静　受け月
伊集院　静　坂の上のμ〈野球小説アンソロジー〉
伊集院　静　ねむりねこ
伊集院　静　新装版 三年坂
伊集院　静　お父やんとオジさん (上)(下)
伊集院　静　ノボさん〈小説 正岡子規と夏目漱石〉(上)(下)
伊集院　静　機関車先生〈新装版〉
伊集院　静　ミチクサ先生 (上)(下)
伊集院　静　それでも前へ進む
いとうせいこう　我々の恋愛
いとうせいこう　「国境なき医師団」を見に行く
いとうせいこう　「国境なき医師団」をもっと見に行く〈ガザ、西岸地区、アンマン、南スーダン、日本〉
井上夢人　ダレカガナカニイル…
井上夢人　プラスティック

2025年6月13日現在

池波正太郎記念文庫のご案内

上野・浅草を故郷とし、江戸の下町を舞台にした多くの作品を執筆した池波正太郎。その世界を広く紹介するため、池波正太郎記念文庫は、東京都台東区の下町にある区立中央図書館に併設した文学館として2001年9月に開館しました。池波家から寄贈された全著作、蔵書、原稿、絵画、資料などおよそ25000点を所蔵。その一部を常時展示し、書斎を復元したコーナーもあります。また、池波作品以外の時代・歴史小説、歴代の名作10000冊を収集した時代小説コーナーも設け、閲覧も可能です。原稿展、絵画展などの企画展、講演・講座なども定期的に開催され、池波正太郎のエッセンスが詰まったスペースです。

https://library.city.taito.lg.jp/ikenami/

池波正太郎記念文庫〒111-8621 東京都台東区西浅草3-25-16
台東区生涯学習センター・台東区立中央図書館内 TEL03-5246-5915

開館時間＝月曜～土曜（午前9時～午後8時）、日曜・祝日（午前9時～午後5時）**休館日**＝毎月第3木曜日（館内整理日・祝日に当たる場合は翌日）、年末年始、特別整理期間 **●入館無料**

交通＝つくばエクスプレス〔浅草駅〕A2番出口から徒歩8分、東京メトロ日比谷線〔入谷駅〕から徒歩8分、銀座線〔田原町駅〕から徒歩12分、都バス・足立梅田町－浅草寿町 亀戸駅前－上野公園2ルートの〔入谷2丁目〕下車徒歩3分、台東区循環バス南・北めぐりん〔生涯学習センター北〕下車徒歩3分

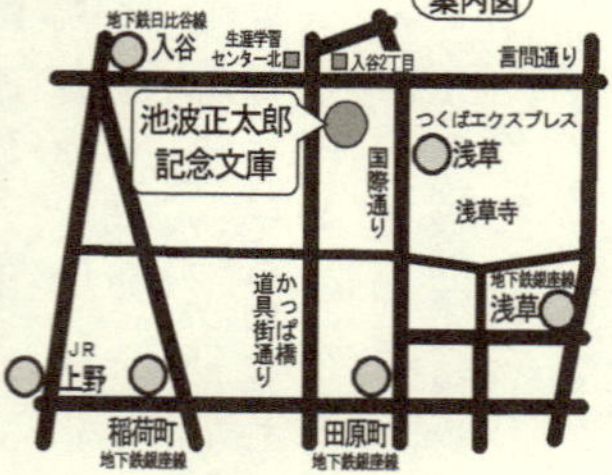